少年來了

소년이 온다

韓江 한강

尹嘉玄 — 譯

《少年來了》精采好評

回首看過去的苦難，不是為了繼續沉浸在悲傷之中，而是為了避免未來走上相同的路。這本書帶著我們用不同的方式回顧光州事件與韓國民主化運動，從像自己一樣平凡生活著的人們的視角，提出對黑暗人性溫和卻強大的控訴。——何撒娜（東吳大學社會學系助理教授）

《少年來了》確實站在小說的位置，把光州事件帶到讀者眼前……這些角色代替沉默的生者和死者，說出他們的憤怒、悲傷、無力與尊嚴。在我們尚未能說出真話之前，先讀小說吧。當這些微小的聲音都被聽見了，那小說就自由了，才能回報我們更多的現實。——陳又津（小說家）

韓江以穿越生與死的魔幻筆法，透過七人的目光、回憶、言語、疼痛與離別，全稱式地拼湊出一九八〇年五月十八日的「光州事件」。當代韓國人在韓江的筆

下，尋找過往的記憶，抹平當今的傷痛，只為了走向未來的光明之途。——陳慶德（韓國社會文化專家、《再寫韓國》作者）

韓江的《少年來了》，一字一句如整座光州碎裂的玻璃，尖銳地點醒小說家的另一重使命：我們拿著的筆，是槍是劍，只為正義而鳴響，只為光亮而揮拔。我們拿著的筆，也是針是線，縫合那些被遺忘的模糊血肉，在歷史的傷口上繡出一朵燦爛奇花。寫下，只為被記得。——劉梓潔（作家）

作者將身處在黑暗與暴力世界裡，遭受折磨、歷經傷痛的人們刻畫得淋漓盡致，帶領讀者直視當年的光州，宛如身歷其境般見證那場血腥暴力的大屠殺。文中敘事者的證詞和閱讀者的想像結合出難以忘懷的懇切告白，讓我們重新切身體會那座城市在十天之內的漫長煎熬。這本彷彿從水滴折射出的陽光碎片中找尋純潔雛鳥的小說，對我們訴說著真正需要好好擁抱的歷史記憶究竟是什麼。——文學評論家白智蓮

有些題材，只要選擇了，就等於是把作者的說故事功力搬上檯面準備接受考驗，在韓國歷史中，尤其以一九八〇年五月光州事件這個題材最為典型。只是我

們迫切想知道的，不再是根據歷史事實的嚴懲與復權，而是關於傷害結構的透視與探究。這是一本唯有韓江才能超越韓江的小說。——文學評論家申亨哲

情感熾烈的作品！韓江的《少年來了》捕捉人性的自相矛盾：開頭章節屍橫遍野的畫面，告訴讀者嗜血獸性是如何凌駕人性，但是能展現博愛精神，為原則信念受苦犧牲，又讓我們成為真正的人，作者總結這種矛盾的手法很出色。本書意圖連結個人經歷與政治事件，且在刻劃個人經歷時充滿強大的渲染力，例如作者細膩又具體地描述一位母親對逝去兒子的思念，就跟她鋪陳這起舉世悲痛的事件一樣，充分展現駕馭文字的功力。——英國《獨立報》

韓江的文字清澈且含蓄內斂，她以極其溫暖的筆觸，處理令人震撼的慘烈題材。——《泰晤士報》

韓江以獨特的敘事風格，訴說南韓一九八〇年歷時十天的光州事件，及其在韓國心理、精神、政治面掀起的陣陣漣漪，讓人洞悉光州年輕人當年受到的殘酷暴行。她的文筆質樸卻情感濃烈。——《衛報》二〇一六年推薦書單

韓江這位說故事的人十分不可思議，她對人類的目的提出質疑，透過她筆下

人物令人心碎的經歷，看到善與惡不斷緊張對立，也讓人心裡冒出很多疑惑。她如詩的語言，行雲流水般在不同敘述觀點之間游移，但她也會大膽用不加修飾的樸素措辭，模擬重現歷史上那場嚴酷的衝突，和當時瀰漫的激昂情緒。以如此令人不快的方式描摹光州民主化運動，竟將讀者吸引到故事結束。——《書單》

美麗又殘酷……大膽檢視人性狀態，診斷結果不忍卒睹，這本看似冷酷無情的小說卻直搗讀者內心。——《愛爾蘭時報》二〇一六年推薦書單

非看不可的作品，具普世性，能引起深刻的共鳴……它讓我們撕心裂肺，悸動縈繞心頭久久不去，它讓我們時而懷抱夢想，時而悲痛哀鳴……。——《紐約時報書評》

令人心痛……韓江的小說試圖將難以啟齒的事情用言語表達，她特別著墨於平凡面，將可怕的暴力鎮壓事件人性化，好比書中角色幫忙照料和運送受難者遺體，在事發多年後努力回歸一般生活。韓江讓讀者從東浩的家人和朋友口中，追憶東浩的點點滴滴，她賦予那些失落者發聲的權利。——《出版人週刊》

引人入勝……結局很折磨人但扣人心弦，冷酷地描繪死亡與痛苦，卻讓你目

不轉睛……韓江彷彿施了催眠術，將你拉進光州事件的恐怖場景，對人性提出質疑，人人都不能倖免被捲入其中，這部作品令人膽寒，直接了當到令人痛苦。——《洛杉磯時報》

清新質樸，鋪陳巧妙，令人肝腸寸斷……《少年來了》努力處理光州大屠殺的歷史餘波，它要問的是，人類會為何而死？倖存下來的人接著又會有什麼遭遇？韓江秉持原創且大無畏的精神，處理這些難題與無情的疑問，讓《少年來了》成了二〇一七年必讀好書。——《芝加哥書評》

韓江在這部作品裡探討殘暴政治帶來的形形色色創傷，透過讓人難忘的細節與穿透人心的感性事實，交織出一部精采小說……一本書寫強烈、帶來衝擊與完全貼近人性的作品。——《科克斯評論》

韓江這部小說最突出的是對於死亡毫不避諱、不帶情緒的描述。很難想出還有什麼作品如此生動、有說服力地處理了肉體衰敗的不同階段。韓江的文字讀來並不輕鬆，而是帶著對生命最終的洞察，這部分的呈現非常出色。——《波士頓環球報》

這部故事的題材儘管駭人，文字卻十分優美，其中細緻刻劃的意象讓人無從迴避，也無法別過頭去……《少年來了》篇幅不長，卻深刻提出哲學性和精神性的探問，而沒有提供任何撫慰。故事始終緊扣著以下的問題：我們是誰、我們到底能忍受多少、我們能對別人造成什麼樣的傷害。——《聖路易郵訊報》

啟發人心……故事毫無冷場……小說家最終重建出來的，不僅是優秀地記錄韓國歷史格外有爭議的那段期間所發生的人民受難事件，更用文字證明了人們願意受苦、被捕、甚至用自身性命交換，為了信念起身反抗，或在他人需要幫助時伸出援手。——《舊金山紀事報》

這部小說針對各種艱難問題提供了深刻與人性的回答，也是對暴行受難者致敬的一部動人故事。——《書頁》

引人入勝……韓江以說書人特有的細膩和力量，將這場衝突跳脫「歷史」的時間距離，進入每一個無可取代的獨立之人的親密空間。——《明尼阿波利斯明星論壇報》

目次

第一章　雛鳥

（東浩的故事）

「人死了以後靈魂會到哪兒去？」

「會在自己的身體旁停留多久？」

你突然意識到這些問題。

我們在觀看往生者時，

其靈魂會不會也在一旁看著他們自己的面孔呢？

擺放在尚武館裡的這些人，

他們的靈魂會不會也像鳥一樣早已飛走？

感覺快要下雨了。

要是真下雨了怎麼辦。

你低喃著。

你瞇起眼睛，看著道廳前的銀杏樹。搖晃的樹枝間，彷彿可以窺見風的形體。躲藏在空氣隙縫間的小水滴，一顆顆咚咚彈出，宛如晶瑩剔透的寶石般，在虛空中美麗閃耀。

你試圖睜大眼睛，想要看仔細一點，然而，銀杏樹的輪廓反而變得比瞇著眼睛觀看時更顯模糊，是時候該配副眼鏡了。你想起戴著深褐色方框眼鏡、臉總是顯得有些臃腫的二哥。隨著歡呼聲與掌聲從噴水池附近陣陣傳來，他的面孔也逐漸隨風而逝。

你還記得他曾經抱怨過，每到夏天眼鏡就會沿著鼻梁不停滑落，冬天則是每回進室內鏡片就會起霧，害他眼前一片白，伸手不見五指。有沒有可以讓視力不再惡化、免於戴眼鏡的方法呢？

「你最好趁我還跟你好好說話的時候，馬上給我回來！」

你用力搖了搖頭，想要甩開二哥那語帶威脅與憤怒的說話聲。噴水池前的音響喇叭，傳出了一名年輕女子手持麥克風說話的清亮嗓音，不過，從你坐著的尚武館出入口階梯位置，是看不見那座噴水池的。如果想要遠望追悼會，必須走到建築物的右側才能看見。你沒有特地繞去觀望，只坐在原地靜靜聆聽那名女子的發言。

「各位，我們心愛的市民朋友現在正從紅十字醫院被送來這裡。」

接著，開始出現國歌旋律，數千人齊聲合唱，宏亮的歌聲宛如數千公尺的高塔般層層堆疊，甚至徹底蓋過了女子的說話聲。你用低沉的嗓音，一同哼著那段情緒沸騰至高點再突然驟降的曲調。

「今天從紅十字醫院送來的死者總共有多少人？」早上你問振秀哥這問題時，他回答得很簡短。「三十人吧。」當那沉重的樂曲進入副歌段落，旋律再度由高亢處急轉直下時，三十具棺材就會依序從卡車上卸下，擺放在早上由你和其他大哥一起從尚武館搬運至噴水池前的二十八具棺材旁。

尚武館內的八十三具棺材中，尚未舉行集體追悼會的有二十六具，昨晚有兩名死者家屬前來指認，之後遺體迅速入棺，所以今天早上就成了二十八具棺材。你在本子上一一記下死者的姓名與棺材編號，加上長長的括弧線，並寫下「集體追悼會（三）」，因為振秀哥曾交代過，如果不想讓同一具棺材在下次追悼會上重複出現，就得記錄清楚。雖然你想出席這次的追悼會，但是他卻叫你留守在尚武館內就好。

「說不定會有人來訪，你還是在這裡待著吧。」

一起工作的哥哥姊姊統統前去參加追悼會了。在棺材前站著熬了好幾晚的家屬，左胸前別著黑色蝴蝶結，活像個體內塞滿泥沙或麻布的稻草人，拖著緩慢的步伐跟在棺材後頭離開。你叫留守到最後的恩淑姊也趕緊跟去看看。她面帶笑容，微微露出了虎牙。因為有這顆虎牙，儘管她是出於抱歉和尷尬而強顏歡笑，卻也帶了一點調皮神色。

「那我去看完開場就馬上回來。」

你獨自一人坐在尚武館出入口前的階梯上，把本子放在膝上，本子的封皮用黑色馬糞紙包著。你從天藍色體育褲下可以感受到水泥階梯的冰冷，遂將體育服外披著的軍訓服鈕扣一一扣上，雙手交叉緊抱在胸前。

無窮花，三千里，華麗江山。

唱完這句華麗江山以後，你突然停止哼唱，想起學校漢文課[1]學過的「麗」字，你已經不再有把握能正確寫出這個筆畫超級多的漢字。這句國歌的歌詞究竟是指繁花盛開的美麗江山，還是指江山如花朵般美麗？每到夏天，庭院裡就會長出比你身高還要高的蜀葵，俗稱「一丈紅」的蜀葵與「麗」字在你腦海中形影重疊。白色小碟般的花朵，沿著長長的枝莖一朵接一朵盛開，你為了仔細回想花朵樣貌而闔起了眼睛，再次微微睜開雙眼時，道廳前的銀杏樹依舊隨風搖擺，風中還未飄出任何一滴雨水。

1 韓國的國、高中設有「漢文課」，是以韓國人常用的漢字詞和古文為課文內容的課程。

國歌齊唱完畢，看來棺材還未整頓好，群眾的吵雜聲中隱約可以聽見有人痛哭欲絕。手持麥克風的女子可能想要多爭取一些時間，這次提議眾人合唱〈阿里郎〉。

抛下我的郎君啊，

出門不到十里路便開始想家。

哭聲逐漸平息之際，女子說道：「讓我們來為先走一步的同伴默哀。」

數千人的吵雜聲頓時停止，你突然意識到周圍環境顯得格外寂靜，並對這瞬間的落差感到不可思議。你起身把本子塞進後方褲腰裡，爬上階梯朝半開的出入口方向走去，然後從體育褲口袋裡取出口罩戴上。

就算點蠟燭也完全沒用啊。

你忍受著難聞的氣味走進禮堂，外頭的陰天使得室內像傍晚一樣昏暗。出入口前堆放著舉行過追悼會的棺材，家屬尚未指認而無法入棺的三十二具遺體，則蓋著白色紗布，擺放在一旁窗下，插在回收瓶裡的蠟燭，默默在他們的臉旁燃燒著。

你走到禮堂最裡面，看著擺放在角落的七具遺體，遮蓋到頭頂的白色紗布偶爾才會短暫掀開，供前來想要找尋女兒或年輕女子的人確認，因為她們的模樣實在慘不忍睹。

其中，尤屬角落的那具遺體狀態最為糟糕。你一開始看到時目測是十五至二十歲出頭的嬌小女子，但是隨著時間流逝，遺體逐漸腐爛，現在已然是一名成年男子的體型。每當有人要來認女兒或妹妹的遺體時，你都會震懾於那驚人的腐爛速度。女子的臉從額頭、左眼、顴骨到下巴，還有袒露在外的左乳房與左腰，都有明顯被大刀刺傷多次的痕跡；右側頭蓋骨則呈凹陷狀，應該是遭棍棒狠狠毆打過，腦髓也清楚可見。

遺體最先從那些大傷口開始腐壞，接著則是從慘遭毆打的上半身瘀血處逐漸腐爛。擦著透明指甲油的腳趾頭雖然毫髮無傷，但是隨著時間過去，已經腫得跟生薑的形狀一樣，粗糙暗沉，原本長及小腿肚的圓點百褶裙，也已經連膝蓋都遮不到。

你走回出入口，從桌下的箱子裡取出未用過的新蠟燭，再回到最角落的那具遺體旁，將新蠟燭的棉芯湊向擺放在頭邊、火光已經微弱昏暗的短蠟燭。點燃新蠟燭後，你吹滅短蠟燭，從玻璃瓶中小心取出，放上那根新蠟燭。

你彎著腰，一手拿著還存有餘溫的短蠟燭，忍受著快要使你流出鼻血的屍臭味，仔細觀察著蠟燭火苗。最外層的火焰正熊熊燃燒，據說能將屍臭味燃燒殆盡；內焰則呈金黃色，像是在魅惑你的雙眼般搖曳晃盪；而最裡面還有個既像蘋果籽、也像顆小心臟的淡青色焰心。

再也難忍這股惡臭味的你，終於打直腰桿站著。你環顧昏暗的室內，死者頭邊的蠟燭火焰不停搖擺，宛如一雙雙寂靜的眼眸在注視著你。

「人死了以後靈魂會到哪兒去？」「會在自己的身體旁停留多久？」你突然意識到這些問題。

一一確認完每根蠟燭是否需要更換以後，你朝出入口方向走去。

我們在觀看往生者時，其靈魂會不會也在一旁看著他們自己的面孔呢？

走出禮堂前，你回頭巡視了一番，不見任何靈魂蹤影，只有沉默仰躺的遺體，與臭氣沖天的腐屍味。

一開始那些人並非躺在尚武館裡，而是躺在道廳民眾服務室前的走廊上。你眼神呆滯地看著一名穿著光州須皮亞女中夏季制服的姊姊，與另一名穿著便服、年齡相仿的姊姊，她們倆正在用溼毛巾將一張張沾有血跡的臉擦拭乾淨，把彎曲的手臂伸直、緊貼臀部兩側。

「你來這裡做什麼？」

穿著校服的姊姊抬起頭，拉下口罩問道。她那微凸的圓滾滾大眼帶有幾分可愛，分成兩邊的麻花辮上岔出許多細毛。她的毛髮給汗水沾溼了，緊貼在額頭與太陽穴的位置。

「來找朋友。」

你放下了原本因受不了血腥味而捏住鼻孔的手，回答道。

「你們約在這裡見面？」

「不，他是那些人之一……」

「那你快去確認看看。」

你仔細觀察沿著走廊牆壁擺放的二十多具遺體，若要認屍一定得從臉部到身體全都仔細端詳一番，但因你內心充滿恐懼，實在難以長時間緊盯久看，於是便不自覺地頻頻眨眼。

「沒有嗎？」

穿著青綠色襯衫、袖子捲起的姊姊挺起腰問道。原以為她和穿著校服的姊姊是同儕，但看見拉下口罩的面孔以後，推估應該是二十歲出頭才對。她的肌膚泛黃、毫無血色，脖子也十分纖細，看上去感覺有些虛弱，唯有眼神給人精明幹練的印象，嗓音也格外清晰明亮。

「沒有。」

「全南大學醫院和紅十字醫院的太平間都去確認過了嗎？」

「嗯。」

「那他家人呢?怎麼是你在找他?」

「他家裡只有爸爸,但在大田工作。他之前是和他姊住在我們家。」

「市外電話今天是不是也不通?」

「不通,我撥過好幾次了。」

「那他姊呢?」

「他姊從星期天就沒回家了,所以我在找他們。聽附近居民說昨天軍人在這前面開槍時,看見我朋友中槍了。」

穿制服的姊姊低著頭插了句話:

「會不會只是受傷,正在住院治療中?」

你搖了搖頭回答:

「如果只是受傷,他一定會想辦法打電話給我。他應該知道我們會很擔心他。」

穿著青綠色襯衫的姊姊又說道:

「那接下來幾天你都來這裡看看，聽說之後遺體都會送到這裡，因為槍枝造成的傷亡人數太多，醫院太平間已經放不下了。」

穿制服的姊姊正在用溼毛巾清潔遭到砍傷、深紅色喉結外露的年輕男子遺體，並用手掌將那死不瞑目的雙眼闔上，再將毛巾放入盆內搓洗擰乾，血水從毛巾滲流而下，還濺了幾滴到水盆外面。穿青綠色襯衫的姊姊捧著水盆起身說道：

「你有空的話可以幫我們一天忙嗎？我們現在急缺人手，工作內容不難，只要把那些紗布剪一剪，幫那邊那些人蓋上就好。如果有人像你一樣要來找人，就幫他們掀開紗布供家屬確認。不過那些人的臉部受損程度滿嚴重的，可能要讓家屬看到衣服和身體才能徹底辨識。」

從那天起，你和她們成了一組。恩淑姊果然如你所料，確實就讀須皮亞女子高中三年級，而穿著青綠色襯衫、捲起袖子的善珠姊，則是忠壯路上某間西服店的裁縫師，據說老闆夫妻帶著大學生兒子逃到了位在靈岩郡的親戚家避難，害她突然斷了生計。

她們聽聞街頭廣播說目前因血庫缺血導致死亡人數增加，於是各自前往全南大學附設醫院捐血，然後又聽聞市民自治團體說道廳缺人手，所以就趕來幫忙，也是在毫不知情的情況下接手這些整理遺體的工作。

以前在按照身高分配座位的教室裡，你總是坐在最前排。升上國中三年級的那年三月，你開始進入變聲期，嗓音變得低沉、身高也瞬間抽高許多，但你的長相到現在還是會讓人誤以為比實際年齡小。從作戰室出來的振秀哥第一次見到你時還驚訝地問道：

「你才國一吧？這裡工作很辛苦喔，還是回家吧。」

振秀哥有著深邃的雙眼皮和纖長濃密的睫毛，他原本就讀首爾大學，因為突然下達的停課令而南下。你回答他道：

「我已經國三了，還好，不覺得辛苦。」

這是事實。相較於兩名姊姊，你的工作一點都稱不上辛苦。善珠姊和恩淑姊得先將塑膠袋鋪在木合板和壓克力板上，然後再將遺體搬移到板子上。她們用溼毛巾擦拭遺體的臉和脖子，再用扁梳梳整凌亂的頭髮，為了防止屍臭味飄散，還得用塑膠袋包裹遺體。與此同時，你要在本子上記錄這些遺體的性別、目測年齡、衣著配件、鞋子款式等等，並為他們一一編號。你在粗糙的便條紙上寫上相同編號，用別針別在遺體胸前，蓋上白色紗布後，和兩個姊姊一起合力推向牆壁。道廳裡看起來最奔波勞碌的振秀哥，每天踩著焦急的步伐前來找你好幾次，主要是為了將你記錄的遺體外觀特徵謄寫在壁報上，並張貼在道廳的正門口前。

當家屬看見壁報上的死者特徵描述，或聽聞轉述前來找你時，你會掀開白色紗布供他們確認，如果死者確定是他們的親人，你就會特地退後幾步、保持一段距離，靜待家屬悲痛哀號完畢。他們會把棉花塞進死者的鼻孔與耳孔，並為死者換上一套乾淨的衣服。接著，簡單完成入殮與入棺儀式的死者就會送往尚武館，這部分你也要記錄在本子裡，以上都是屬於你的工作範疇。

然而，這段過程中最令你不解的，是入棺之後舉行的簡略追悼會上，家屬要唱國歌這件事。而且在棺材上鋪蓋國旗、用繩子層層綑綁，也是件怪異的事情。究竟為何要為遭到國軍殺害的老百姓唱國歌？為何要用國旗來覆蓋棺材？彷彿害死這些人的主謀並非國家一樣。

當你小心翼翼開口詢問時，恩淑姊瞪大了眼睛回答道：

「是那些軍人為了掌權所以引發叛變啊，你不是也看見了嗎？大白天的毆打老百姓，後來發現無法掌控局面才改成開槍，是上頭指使他們這麼做的，怎麼能把那些人當成是國家呢？」

你得到了一個牛頭不對馬嘴的答覆，腦中一片混亂。那天下午剛好有多具遺體已確認完身分，走廊上到處都在舉行入棺儀式，啜泣聲夾雜著輪唱國歌的聲音，樂曲小節與小節重疊時形成了不協調的和音，你用心聆聽，彷彿只要這樣靜靜聽著，就能悟出何謂「國家」一樣。

隔天一早，你和兩名姊姊把幾具屍臭味較嚴重的遺體搬移至民眾服務室後院，因為新送來的遺體已經無處可擺。振秀哥一如往常踩著焦急步伐從作戰室走來，滿臉錯愕地問道：「要是下雨怎麼辦？」他環顧那條已經擺滿遺體、無處可走的通道。善珠姊脫下口罩回答：

「這裡實在太擠了，所以只好放到後院去。晚上要是又有遺體送來該怎麼辦啊？尚武館那邊情況如何？還有空間嗎？」

不到一小時，振秀哥就派了四名男子過來，不知他們剛才是去哪裡站過崗，肩上揹了槍枝，頭上則戴著鎮暴警察遺留下來的鋼盔。他們將擺放在後院以及通道走廊上的遺體搬運至卡車上時，你們同時也在整理這些遺體各自的遺物。你跟在率先出發的卡車後頭朝尚武館方向走去，那是個陽光燦爛的上午，你穿過尚未長大茁壯的銀杏樹下，毫無意識地撥開那根擋在額前的矮小樹枝。

走在前頭的恩淑姊最先走進尚武館內，你正準備走上前去時，她緊握沾滿血的棉手套，環顧著那些擺滿整個禮堂的棺材。隨後跟上來的善珠姊走到了你的前面，將及肩的頭髮用手帕奮力綁緊說道：

「在那裡一直都只是送走遺體，所以完全沒料到……原來死者人數真的很可觀。」

你看見那些家屬促膝而坐，他們守著靈的那些棺材上已經擺了裱框的遺照，有些棺材旁還擺了兩罐空的芬達汽水瓶，分別插著野花和蠟燭。

那天傍晚，你問振秀哥能否幫忙弄到一盒蠟燭，他輕輕地點頭說：

「嗯，點些蠟燭應該就能除掉這些氣味了。」

不論是白色紗布還是木棺、回收紙、國旗，只要拜託振秀哥，他就會寫在他的本子裡，一天之內幫你弄到。他曾對善珠姊說過，每天早上他都會到大仁市場或良洞市場採買，如果有些東西在市場裡買不到，就會跑去市中心的木工店、葬儀社或布料店尋找。採買過程其實不會遇到太大困難，一方面是集會募得的資金還有剩，另一方面則是如果說自己從道廳來，許多店家老闆都會願意慷慨解囊、免費贈送。聽說現在市中心裡的棺材都已經供不應求，只能緊急先用薄木板來給木工店師傅拼裝成棺材。

就在振秀哥放了五盒（共五十根）蠟燭與一些火柴的那天早上，你沿著道廳本館與分館各個角落，蒐集一堆要用來當作燭臺的空飲料瓶。你站在出入口的桌前，點燃一根根蠟燭，再插進玻璃瓶口。死者家屬一一排隊前來向你領取，拿回去擺在棺材前。蠟燭的數量綽綽有餘，就連沒有家屬守靈的棺材和尚待確認的遺體，都足以有燭光照亮。

設有團體上香靈堂的尚武館，每天早晨都會收到一批新棺材，那些是在大醫院裡搶救無效而身亡的死者。家屬都面容憔悴，臉上已分不清是汗水還是淚水，當他們用推車載著棺材前來時，你就得挪動既有棺材，縮小間距騰出空位。

每到晚上，則會運來一批在城市外圍與戒嚴軍對峙而遭槍殺的死者遺體，他們不是當下喪命，就是在送往急診途中搶救不及身亡。剛斷氣不久的死者形象太過震撼，正在將不斷溢出的半透明腸子塞回死者體內的恩淑姊，終於再也忍不住，跑到外頭去嘔吐；容易流鼻血的善珠姊則是戴緊口罩，不停抬頭仰望禮堂的天花板。

相較之下，你的工作依然稱不上辛苦。因為只要像在民眾服務室一樣，把死者的外部特徵、穿著配件、日期時間等資訊記錄在本子裡即可。

你把白色紗布事先剪成適當大小，用別針別上紙片，以便馬上謄寫編號數字。另外，你也挪了一下身分尚未確認的死者以及棺材，縮小他們之間的距離，好讓新來的遺體有地方擺放。有些夜晚死者人數特別多，根本沒有時間去挪動位子騰出空間，只好將那些棺材對齊，一具具緊挨著整齊排列。那晚，你起身環顧擺滿死者的禮堂，他們彷彿說好要在此重聚般，不發一語、一動也不動地散發著陣陣惡臭。你把本子夾在腋下，快步穿梭在這些「群眾」之間。

真的要下雨了。

你走出禮堂，深吸一口氣，心裡想著。你為了呼吸更新鮮的空氣而朝後院走去，但是又想到不能走太遠，便走到屋子的角落，停下了腳步。你聽見一名年輕男子正拿著麥克風說話。

「我們不能無條件聽從他們的指示，將武器全數歸還，乖乖投降。他們得先把市民的遺體還給我們，也得把強行拖走的數百位市民放出來。最重要的是，要向全國人民公開在此發生的所有事情真相，承諾恢復我們的名譽才行。等他們都做到以後，才能來要求我們歸還槍枝。你們說是不是啊，各位！」

「是──」你感覺回應聲和掌聲明顯減弱許多。你還記得軍人撤退後民眾舉行的那場集會，從道廳頂樓陽臺到鐘塔上，滿滿都是人，棋盤式的街道上有數十萬人之多，把建築物外圍擠得水洩不通。大家齊聲合唱著國歌，歌聲顫顫巍巍，宛如堆疊了數十萬層的高塔，民眾的掌聲則像連環爆炸的數十萬顆鞭炮般劈啪作響。你昨晚聽見振秀哥與善珠姊的談話。「聽說軍人要是重回這裡，就會把所有市民趕盡殺絕，所以民眾擔心得很，集會規模也正在快速縮減，其實愈是這樣大家愈應該站出來才對，我們的人數要夠多，他們才不敢輕舉妄動……唉，現在情況實在不妙，棺材數量愈來愈多，大家卻愈來愈不敢走出家門。」振秀哥神情凝重地說著。

「我們已經流了那麼多血，怎麼可以讓這些鮮血白流！那些先走一步的靈魂，正瞪大眼睛看著我們啊……」

男子說話的尾音有點沙啞，不斷聽見「血」這個字，使你感到胸口一陣悶痛，於是再次張口深呼吸。

靈魂又沒有軀體，要如何瞪大眼睛看著我們。

你想起去年冬天，外婆臨終時的場景。那天是星期六下午，你剛考完期末考，帶著輕鬆的心情與母親一同前往探病，沒想到外婆突然病危，就在舅舅一家人趕忙搭計程車前往的時候，你和母親兩人送了外婆最後一程。

小時候每次去外婆家，腰桿已經彎到接近九十度的外婆都會叫你乖乖跟著她，然後你們一前一後走進一間微暗的房間。其實你早就知道，外婆會打開碗櫃，拿出祭祀時要擺放的油蜜果[2]。你滿懷欣喜地接過油蜜果，外婆也露出了淺淺的微笑。她臨終時平靜而安詳，一如其溫和的性格。外婆閉著眼睛、口戴氧氣罩，你在她臉上看見了一隻宛如鳥的動物，然後那張滿布皺紋的臉就瞬間變成了冰冷屍體。你不曉得剛剛看見的那隻雛鳥跑去了哪裡，默默站在原地，一動也不敢動。

擺放在尚武館裡的這些人，他們的靈魂會不會也像鳥一樣早已飛走？飽受驚

2 韓國傳統糕點，由糯米粉和蜂蜜混合油炸而成。

嚇的那些鳥兒都飛去了哪裡？無論如何，你覺得應該都不會像很久以前為了吃復活節蛋而和朋友一起去教會裡聽到的那樣，說飛到天國或地獄等另一個世界去，也覺得不可能像恐怖歷史劇裡演的那樣，穿著白衣、頭髮凌亂地漫步在大霧之中。

嗒！雨水滴落在你的平頭上，你抬起頭仰望天空，臉頰和額頭也沾到了雨滴，霎時間，雨勢變大，從天空不斷筆直落下。

拿著麥克風的男子緊急呼喊：

「請各位坐在原地，追悼會尚未結束，先走一步的靈魂也在為我們哭泣啊。」

雨水滴進你的軍訓服衣領與後頸間，沾溼了裡面那件汗衫，一路向下滑到腰部。原來靈魂的眼淚是冰的。你的手臂和背脊瞬間發涼。你跑回出入口前的屋簷下躲雨，道廳前的樹木正奮力彈開水珠。蹲坐在樓梯角落的你，想起不久前在陽光昏暗的第五節生物課，學到關於植物呼吸的內容，如今卻已宛如隔世。據說，樹木一天呼吸一次就能活，太陽升起時深吸一口陽光，太陽西下時則深吐一口長長的二氧化碳。你看著那些肺活量極強的樹木，正用它們的嘴巴和鼻子噴吐著雨水。

如果有另一個平行世界，那麼你上週就會參加期中考，考完試剛好是星期天，所以今天應該會在家裡睡到自然醒，起床後在院子裡和正戴打羽球。你對於過去一星期所發生的事情感到不可思議，對於那個平行世界再也無法感同身受。

上週日你在學校對面書店裡買完習題本後獨自回家時，看見全副武裝的軍人突然衝上街頭。你驚恐不已，決定往河川旁的街道走下去。一對像是新婚夫妻的男女迎面而來，男子穿著西裝，手拿《聖經》，女子則身穿洋裝。你聽見一波接一波淒厲的慘叫聲從上面那條街道傳來，隨即便看見揹著槍、手持棍棒的三名軍人走下坡道，包圍了那對年輕夫妻。他們好像本來在追別人，卻誤下了坡道。

「請問有什麼事？我們現在正要去教會……」

西裝男的話還未說完，你已經見識到原來人的手、腰、腳還可以做哪些事。「救命啊！」男子喊道，聲音不停顫抖。那群人不斷用手中的棍棒狠狠朝男子重擊，直到他痙攣抽搐的雙腳不再抖動為止。在旁邊一直驚聲尖叫的女子，也被他們一把抓住頭髮，後來下場如何便不得而知，因為你已經爬上河川旁的小坡道，下巴不停顫抖著，朝那上演著更駭人陌生場景的街道走去。

你右肩被人拍了一下，嚇得抬起頭。

那隻手柔弱又纖細，而且還用冰冷的白布層層包裹，像是靈魂的手。

「東浩。」

恩淑姊正對著你彎腰微笑。她紮著辮子，身穿白色外套，牛仔褲褲管溼透了。

「幹嘛呢，嚇成這樣？」

你臉色鐵青地傻笑著。也是，靈魂怎麼可能會有手呢。

「我本來想早點過來的，但是因為下雨所以不太好意思先走……我怕要是離開了，其他人也會跟著走掉。這裡呢？還好嗎？」

「沒有任何人來過。」你搖著頭回答：「連路過的人都沒有。」

「那邊也是，都沒什麼人參加。」

恩淑姊緩緩蹲坐在你身旁。她把手伸進口袋裡翻得沙沙作響，隨即掏出一塊塑膠包裝的蜂蜜蛋糕和一瓶養樂多。

「我看到教堂阿姨在分送這個，順便也幫你領了一份。」

你本來不覺得餓，現在卻接過了蛋糕，將包裝紙撕開，一口咬下。恩淑姊還幫你把養樂多上的鋁箔紙撕開遞給你。

「你回家換件衣服吧，我在這裡幫你看著，感覺該來的人都已經來過了。」

「我沒淋到雨。姊，妳先回去換吧。」

你咬著滿口的蜂蜜蛋糕答道。你感到喉嚨有些乾澀，於是將整罐養樂多一口喝下。

「你現在汗臭味很重呢，在道廳裡也住好一陣子了吧？」

你瞬間漲紅了臉。在道廳分館的廁所洗臉時，你總是會連頭髮也一起洗。你擔心屍臭味纏身，每晚儘管身體打著哆嗦、牙齒打著冷顫，也堅持得沖冷水澡，但看來還是徒勞無功。

「我參加集會時聽說戒嚴軍今晚會進來，回家後記得就別再來這裡了。」

恩淑姊突然縮了一下頭，看來是她的頭髮搔到脖子的癢處，她用手指將淋溼的後腦勺雜毛從衣領內撩出來，你在一旁靜靜看著她撩髮的手勢。還記得初次見面時，她的臉是屬於圓潤可愛型的，但這幾天下來已經明顯消瘦許多。你專注地看著她那變黑變深的黑眼圈，心裡則想著：從死者身體裡飛出的雛鳥，原本是躲在身體的哪個部位呢？眉間？後腦勺？還是心臟？

你假裝沒有聽見，把剩餘的蛋糕統統塞進嘴裡，說道：「當然是淋了雨的人去換衣服才對啊，這點汗臭味又沒什麼。」

她從外套口袋裡又掏出了一瓶養樂多。

「又沒人跟你搶！吃慢一點，這瓶本來是要給善珠姊的。」

你毫不客氣地接過那瓶養樂多，用指甲將上頭的鋁箔紙戳破，露出一抹淺淺微笑。

善珠姊不像恩淑姊一樣會悄悄走來把手輕放在你肩上，她不是這種性格。她從遠處就用清亮嗓音高喊著你的名字，走到你面前後馬上問道：「沒人啊？就你一個？」然後掏出一條用錫箔紙包裹的海苔飯捲給你。你們倆並肩坐在階梯上，看著逐漸變小的雨勢，分食著那條海苔飯捲。

「你的朋友呢，還沒找到嗎？」

她突然想起這件事，隨口問道。你搖了搖頭，她接著說：

「……如果到現在都還沒找到，那應該就是被軍人埋在某個地方了。」

你用手掌順了順胸口，想要讓飯捲沿食道順利滑下。

「那天我也在現場，最前排那些遭到射殺的人，都被軍人裝上卡車載走了。」

你為了防止她繼續毫不避諱地暢所欲言，於是趕緊轉移話題。

「姊，妳也淋了一身雨，回家梳洗吧，恩淑姊也回去換衣服了。」

「何必呢？反正晚上工作又會搞得滿身大汗。」

她把空的錫箔紙揉成小拇指般大小，緊握在手裡，望著綿綿細雨。那張側臉透露著難以言喻的沉著與堅強，感覺好像任何問題都可以問她似的。

他們真的會殺掉所有今晚留在這裡的人嗎？

這句話就掛在嘴邊，你卻猶豫了，最終還是吞了回去。為什麼不能一起逃離這裡，為什麼一定要有人留下來？

善珠姊將手中緊握的那塊錫箔紙丟進一旁的花圃裡，然後看了看手掌，像洗臉一樣把雙手從眼睛、兩頰、額頭滑到耳後用力搓揉，看得出來她已經心力交瘁。

「明明什麼事也沒做，怎麼一直忍不住想闔上眼皮……我看我還是找個沙發睡一會兒好了，順便去把衣服晾乾。」

她笑了笑，露出一口貝齒，然後語帶安慰地對你說：「不好意思啊，又得讓你自己在這裡守著了。」

或許善珠姊說的沒錯，軍人可能擄走了正戴，現在不知道埋在哪裡；但母親的推測也不無可能，或許正戴現在正在某家醫院接受治療，他只是還沒恢復意識，所以才沒聯絡家人。昨天下午母親和二哥前來接你回家，你告訴他們得找正戴所以暫時不能回去。「應該先去重症病患室找找看，我們一起去每一家醫院找找吧。」

母親當時抓著你的軍訓服衣袖說。

「我聽人家說在這兒見到你，你知道當時我有多開心嗎？我的老天爺啊，這麼多屍體你都不害怕嗎？媽記得你很膽小呢。」

你一邊嘴角微微上揚，回答道：

「那些軍人才可怕，這些死人有什麼好怕的。」

二哥臉色一沉。他自小就只知道讀書，成績總是班上第一名，沒想到在大學聯考時接連落榜，重考三次才好不容易進了大學。

他長得像父親，大餅臉加上濃密茂盛的鬍子，明明才二十一歲，看起來卻像個不折不扣的大叔。在首爾擔任基層公務員的大哥，則長相帥氣、體格瘦小，所以每次只要休假返鄉，三兄弟聚在一起時，大家都會將二哥誤認成是老大。

「你以為那些有機關槍和坦克車的精銳戒嚴軍，是因為害怕市民軍拿著六二五戰爭[3]時用過的卡賓槍才沒攻進來嗎？錯了！他們只是在等待作戰時機。你要是繼續留在這裡，一定會沒命的！」

3　即臺灣習稱的韓戰。

你怕被二哥狠Ｋ額頭，於是趕緊向後退了一步。

「我又沒做什麼怎麼會死，我在這裡只是打打雜、幫幫忙而已啊。」

你用力把手抽回，掙脫母親緊抓你衣袖不放的手。

「別擔心啦，我再幫忙幾天就回去了，讓我先找到正戴再說。」

你向他們揮著尷尬的道別手勢，跑回了尚武館內。

逐漸放晴的天空變得耀眼明亮，你起身走到建築物右側，看見廣場上的人潮早已散去，剩下穿著黑白色喪服的死者家屬，三五成群聚集在噴水池前。接著，你看見其他大哥把講臺前的棺材搬上卡車。你為了看清楚每個大哥的臉、分辨出誰是誰而瞇起眼睛，在刺眼的陽光下眼皮還微微顫抖著，甚至連臉頰也跟著一起抖動。

其實和兩名姊姊初次見面時，有句話你沒老實說。

那天有兩名男子在車站前遭到槍殺，其他人把他們的遺體搬上手推車後，你們倆走在示威隊伍最前方。人山人海的那座廣場上，聚集著頭戴紳士帽的老人、十幾歲的孩童，以及撐著五顏六色陽傘的婦人。其實真正看見正戴最後身影的人是你，並非附近的居民。你不僅看見他，還親眼目睹他被槍射中腰部。不，正確來說應該是你和正戴從一開始就攜手走向最前線，當大家聽聞震耳欲聾的槍響後，所有人便開始向後奔跑。「他們只是在嚇唬我們！大家別怕！」你聽見有人高喊著，隨即便有一群人想要回頭重新走到最前面，就在這摩肩擦踵的混亂之中，你與正戴的手分開了。當槍聲再度傳來時，你顧不得跌倒在地的正戴，只能不停奔跑，跑向一間拉下鐵門的電器行圍牆上，與三名大叔緊貼在一起。原本與他們一夥的一名大叔也想擠上來，但就在他奔跑途中，肩膀突然噴出紅色鮮血，頓時倒臥在地。

「我的天啊，是從陽臺！」站在你身旁那個頭髮半禿的大叔氣喘吁吁地說道：

「……從陽臺射死永圭的。」

隔壁棟陽臺上再次傳出槍響，好不容易撐起身子踉蹌了幾步的那名大叔，突然拱起背，鮮血從腹部暈開，瞬間將整個上半身染紅。你滿臉驚恐，緩緩抬起頭，看了一下身旁的大叔。他們不發一語，禿頭大叔用雙手摀住嘴巴，不敢發出任何聲響，渾身顫抖著。

你瞇起眼睛，看著那些倒臥在街上的數十名民眾。在那之中彷彿看見地上有一條與你穿相同天藍色體育褲的腿，運動鞋早已脫落不見，光著的腳還微微搖晃著。你正想要出去，那個摀住嘴全身顫抖的大叔一把抓住你的肩膀。在此同時，旁邊巷子裡有三名少年跑了出去，他們攙扶起倒臥在地的人時，一連串的槍聲從站在廣場中央的軍隊那邊傳來，三名少年也一下子倒地不起。你試著窺探街道對面的那條寬巷，三十多名男女緊貼在兩側圍牆上，全身僵硬地目睹了剛才那段血腥場面。

就在槍聲停止約莫三分鐘後，一名個頭矮小的大叔從對面巷子裡飛奔而出，奮力跑向倒臥在血泊裡的其中一人，連環槍聲再度響起，下一秒那個大叔也倒臥在同一片血泊當中。一直緊抓著你肩膀的大叔，用他那厚實的手掌遮住你的眼睛，然後悄悄說道：

「現在出去，就是死路一條。」

大叔的手緩緩放下時，你看見對面巷子裡衝出了兩名男子，跑向倒臥在地的一名年輕女子，抓起她的手臂想要扶她起身，這次換陽臺上響起了槍聲，兩名男子同樣遭到槍擊身亡。

再也沒有人朝那些死者奔去。

就在一片寂靜中，過了約莫十幾分鐘以後，二十多名軍人兩兩一組從隊伍中走了出來，他們開始迅速拖走前排死者。

這時，旁邊與對面巷子裡有幾名男女彷彿逮到機會般快速衝了出來，一把抱起後排死者。這回陽臺上不再有人開槍，而你卻沒有像他們一樣朝正戴跑去。站在你身旁的幾名大叔揹起那個已經斷了氣的朋友快步奔跑，消失在巷弄之間，頓時只剩你獨自一人。你嚇得魂飛魄散，一心想著到底該躲去哪裡才不會被狙擊手發現，最後緊貼著牆壁，朝廣場反方向快步離開。

那天下午，家裡一片祥和。縱使外頭早已一團混亂、血流成河，母親依舊一如往常到大仁市場裡，拉開皮革店的鐵門做生意。父親搬運皮革布料箱時不小心閃到腰，只好躺在臥房裡。你用力推開那扇輕輕扣上的大門走進院子裡時，聽見二哥正在背英文單字。

「是東浩嗎？」

臥房裡頭傳出父親渾厚的嗓音。

「東浩回來啦？」

你沒有回應。

「東浩，你進來一下，幫爸踩踩腰吧。」

你假裝沒聽見，走去花圃附近打了一盆冰冷清澈的井水。你先將雙手放進水裡，接著直接把臉泡進水中，抬起頭之後，水珠從臉和脖子上直直流下。

「東浩！你在外面嗎？快過來。」

你用溼答答的手掌按下眼皮，站在石階上好一陣子，然後脫下運動鞋，穿著襪子踩過院子，走到臥房將門打開。父親正躺在裡面，整個房間充斥著濃濃的艾灸味。

「剛才又閃了一下，現在沒辦法起身了，你幫我踩踩吧，尤其是靠近屁股那裡。」

你脫下襪子，右腳放在父親腰部下方，控制著自己的力道，只用一半體重踩壓。

「你這小子整天都去哪裡鬼混，你媽打了多少通電話找你知道嗎？她想確認你到底回來了沒有。聽好了喔，絕對不准靠近那些示威群眾，我聽說昨晚車站那裡才有人被槍斃……很荒謬吧，拳頭怎麼可能贏得過槍呢。」

你熟練地換了另一隻腳，小心踩著父親脊椎與髖骨的中間部位。

「哎呦，對對對，就是那裡……」

你走出臥房，經過廚房回到自己的房間，像隻蝦子般蜷縮身體，躺在鋪著軟墊的炕上。你的意識開始模糊，瞬間進入了睡眠狀態，但沒幾分鐘便被一場可怕的噩夢驚醒。你奮力睜開眼睛，卻已經不記得做了什麼夢。然而，有一件事實比那場噩夢還要恐怖——正戴住的那間舍廊房[4]毫無動靜，想必就算到了深夜，那房間也依然寂靜無聲，無人點亮室內燈光，鑰匙也會一直放在石階旁的陶甕裡。

在一片寂靜中，你想起了正戴的臉，想起那條天藍色體育褲在微微蠕動，剎那間彷彿有一顆火球塞住胸口，使你快要窒息。你為了讓自己能恢復正常呼吸，開始回想平時的正戴，那個好似什麼事情都從未發生過、打開大門走進來的正戴。他的身高一直都像小學生一樣矮，所以正美姊就算生活艱困，也還是堅持訂牛奶給他喝；他的長相不怎麼好看，甚至會令人懷疑他和正美姊究竟是不是真的有血緣關係。他有著一雙鈕扣般的小眼睛和扁平的鼻梁，卻充滿可愛的喜感，光是皺著鼻子微笑，就足以讓任何人捧腹大笑。校外郊遊時，他鼓起臉頰像隻河豚一樣跳著迪斯可舞蹈，就連正經八百的班導都難掩笑意。比起讀書，正戴更想要出社會賺錢，因為拗不過姊姊，只好準備一般高中的入學考試，但是他其實私下在送報紙打零工。他從初春開始雙頰就起紅疹、手背上也長了好幾顆雞眼，在院子裡與你打羽球時，還一副國家隊選手的架式。

4　指韓國傳統家屋「韓屋」的結構中，與主人居住的「裡房」分隔兩地，用來接待客人的空間，同「廂房」。

正戴若無其事地將板擦放進書包裡。「拿這個幹嘛？」「要給我姊。」「你姊要這做什麼？」「不知道，她一直懷念這玩意兒。她說自己國中的時候喜歡當值星勝過讀書，有一年的愚人節，同學在黑板上寫滿了字，原以為年輕男老師會擦到手軟，沒想到他直接叫值星出來擦，所以姊姊只好硬著頭皮努力把黑板擦乾淨。當時大家都在上課，只有她自己在走廊上開著窗戶用木棍敲打這東西，結果兩年的國中時光，她唯獨對這件事情印象特別深刻。」

你用雙手扶著冰冷的炕起身，趿著拖鞋穿過窄小的院子，站在舍廊房門口。你翻找著可以塞進一個成人的甕，取出藏在裡頭的槌子下叮噹作響的鑰匙。你打開鎖頭，脫掉拖鞋進入房內。

沒有任何人來過，就連那本小本子也原封不動地擱在小書桌上。星期天晚上你邊安慰哽咽流淚的正戴，邊在本子上寫下正美姊可能會去的地方。大學夜校、工廠、偶爾會去的教會、日谷洞堂叔家。雖然隔天早上你們倆一起找遍了這些地方，卻不見正美姊任何蹤影。

你站在空無一人的房間中央，用手揉了揉眼皮，揉到眼皮發熱為止。你試著坐在正戴的書桌前，後來又將臉頰貼在冰冷的炕上趴著，你用拳頭按壓感到疼痛的胸口，想著要是現在正美姊突然打開房門走進來，一定會馬上衝到她面前雙膝跪下，和她一起去道廳前找正戴。你還是他朋友嗎！你還算是個人嗎！當然，你也早有心理準備，會任由她打罵，並哀求她原諒。

❦

二十歲的正美姊個子也不高，留著一頭稍嫌過短的短髮，從後面看上去就是名國中生，甚至是國小高年級生；從正面看的話，要是沒化妝也像個高一的女學生。可能她自己也意識到這件事，所以總是帶一點淡妝。她的工作需要長時間站立，雙腳容易腫脹，儘管如此，她上下班都還是堅持穿高跟鞋。感覺她從未痛快發過一次脾氣，更別說會打罵人了。總之她是個腳步輕盈、嗓音細柔的女生。但是你記得正戴曾經說過，別看他姊外表柔弱，其實比起爸爸，他更害怕姊姊。

正戴和姊姊住進舍廊房已經兩年了，你卻從未和正美姊好好聊過一次天，因為她在紡織工廠上班，經常需要加班到深夜，此外正戴也會為了跟雇主領現金而晚歸——不過他會騙姊姊是去圖書館，所以他們入住的第一個冬天，舍廊房的煤炭經常是熄著的。有時要是正美姊比較早回家，就會悄悄走到你的房門邊上敲門。她滿臉倦容，一邊將短髮塞到耳後，一邊不好意思地說：「那個……可以幫忙燒一下炭火嗎……？」而你每次受到她的請託，都二話不說，連外套都不穿就衝到爐灶前，挑一塊點燃的煤炭和一些細樹枝遞給她，害她不知該如何答謝你。

你們第一次長談，是在去年初冬的某個夜晚，正戴將書包扔在家裡出門領工錢未歸，你馬上意識到是她在敲你的房門。她的指尖彷彿用柔滑的棉布層層包裹，小心地敲著門。你趕緊打開房門走出去，她向你問道：

「你……還留著國一的教科書嗎？」

「……國一的？」你反問道。

她開始向你娓娓道來，說從十二月開始就要去夜間部就讀。因為時代改變了，以後雇主不能擅自叫員工熬夜加班，薪水也會全面調升，所以她想要藉此機會重新讀書。不過畢竟距離最後一次上學也有段時間了，她想要先從國一程度的課本開始複習，等正戴的學校放假時，再來複習國二教材。

你請她稍等一下，跑上閣樓翻找。你抱著幾本沾著灰塵的教科書和參考書走出房門，看見正美姊睜大了雙眼，一臉不可思議。

「天啊……你這小子怎麼這麼可靠，我家正戴都丟了呢。」

她接過那些書以後再三交代：

「這件事可千萬別跟正戴說啊，他已經覺得是他害我沒辦法上學了，先等我考上國中檢定考之後再說，要幫我保密喔。」

你憨憨地看著她那笑瞇瞇的雙眼，彷彿有小野花不斷在她臉上綻放。

「誰知道呢，反正等正戴上了大學以後，我也來認真準備，說不定還能唸個大學。」

當時你很好奇，她究竟要如何瞞著弟弟偷偷讀書。在那不到兩坪的小房間裡，以她嬌小的身軀，遮擋得了攤開偷看的參考書嗎？更何況正戴又習慣晚睡，都會寫作業到很晚。

你只不過是短暫好奇了一下，沒想到從那天起便經常想起她。那雙肉肉的手在熟睡的正戴旁將你送她的教科書攤開，那張櫻桃小嘴不停開合默背著單字，天啊……你這小子怎麼這麼可靠！莞爾微笑的雙眼、疲憊不堪的笑容、彷彿用柔滑棉布將指尖層層包裹的敲門聲。那些畫面、聲音不停擾亂著你的心，使你輾轉難眠。每到凌晨聽聞她走出房門、打水洗臉的動靜，你就會裹著棉被爬到門旁，閉著眼睛仔細聆聽她發出的那些聲響。

第二輛載滿棺材的卡車停在了尚武館前。你被陽光照得幾乎快睜不開眼，映入眼簾的畫面，是坐在副駕駛座的振秀哥正準備下車。他快步走來對你說：

「這裡晚上六點會準時封閉，你到時候就回家吧。」

你囁嚅著問道：

「……那……那裡面的人誰來顧？」

「今晚軍隊會進來，我們也會請死者家屬回去，六點後不能有任何人留在這裡。」

「可是這裡只有死者，軍人真的會來這裡嗎？」

「聽說他們已經放話，就算是醫院裡的傷患也都是叛徒，統統得槍斃，你覺得他們會放過這些遺體和守靈的人嗎？」

他有些激憤，腳步似乎比平時還要意志堅定，經過你身旁走進了禮堂，似乎是去對死者家屬說同樣的事情。你把黑色馬糞紙包裹的本子緊抱在胸前，默默回頭看著振秀哥的背影。你看著他那被雨水淋溼的頭髮、襯衫和牛仔褲，以及頻頻搖頭或點頭的家屬，並聽見女子扯高嗓音說道：

「我絕不會離開這裡半步！我要留在這裡和孩子一起死！」

你環顧著那些平躺在禮堂角落的死者，白色紗布直蓋到頭頂，至今仍身分不明。你的視線遲遲無法離開最角落的那具女屍。因為你還記得第一次在民眾服務室走廊上看見那具遺體時，腦中第一個浮現的是正美姊。當時屍體的臉部已經開始腐爛，上面有著一條深深的刀痕，皮開肉綻，難以分辨她的容貌，但是總覺得有些地方還滿像她的，隱約也有印象看她穿過類似的百褶裙。

不過那只是一條隨處可見的圓點裙，不是嗎？你星期天並沒有確實看見她穿那條裙子出門，不是嗎？正美姊的頭髮有那麼短嗎？那種短髮應該只有真正的國中女生才會留吧？而且又不是夏天，那麼勤儉樸實的正美姊，怎麼可能會在腳趾甲上塗指甲油？不過其實你從來沒有看過她的腳趾頭。想必只有正戴知道他姊膝蓋上是否有一顆紅豆大小的黑痣，唯有等正戴出現，才能夠確認那具遺體是不是正美姊。

但是如果要找到正戴，就得先找到正美姊才行。如果是她，一定會找遍所有市內的醫院，一眼便能認出躺在恢復室裡剛清醒過來的正戴。就像二月那次一樣，她也是一天之內便找到死也不想上一般高中、只想進技職高中而離家出走的正戴，把他從漫畫店揪著耳朵拖回家裡。母親和二哥看著正戴在那麼文靜嬌小的姊姊面前哭著求饒，頓時笑了出來，平時沉默寡言的父親，也得假裝咳嗽來強忍笑意。那天晚上到凌晨十二點，舍廊房裡不斷傳出姊弟倆的對話聲。每當低沉的嗓音變得有點大聲，就會聽見另一個溫柔的嗓音開始安撫，而某人再度提高音量時，另一人則會再度低聲哄著對方，就在這樣一來一往的談話聲中，你漸漸分不清他們倆究竟是在鬥嘴、爭執還是安撫彼此，不知不覺便進入了夢鄉。

你改坐在尚武館出入口桌前。

你把本子攤放在桌子的左邊，把死者姓名、編號、電話和地址抄寫在十六張紙上，因為振秀哥說過，就算今晚市民軍全都陣亡了，也要能聯絡死者家屬，所以得事先準備好才行。如果要在晚上六點以前獨自整理好這些資料，貼在棺材上，就得加快手腳。

「東浩……」你聽見有人喊你的名字，抬起了頭。

母親正穿過卡車之間朝你走來，這次沒有二哥陪同，只有她一個人。母親穿著去店裡做生意時會穿的制服——灰色雪紡衫配黑寬褲，唯一和平日不太一樣的是髮型。她總是梳著一頭整齊端莊的短髮，今天卻被雨淋溼了，顯得有些凌亂。

你正準備起身衝下階梯開心迎接她時，突然停下了腳步。母親氣喘吁吁地跑上階梯，一把抓起你的手。

「走，回家。」

你不斷扭動手腕，試圖想要掙脫那隻宛如水鬼在抓交替的手。你用另一隻手使勁地將母親的手指頭一根一根掰開。

「軍隊就快進來了，現在馬上跟我回家。」

你終於掙脫母親的手，立刻逃回禮堂裡，而追在後頭的母親卻剛好給正準備要搬運棺材回家的家屬隊伍擋住，無法通過。

「媽，這裡六點會關門。」

母親為了越過家屬隊伍與你四目相交，不斷踮起腳尖。她像個快哭出來的孩子一樣委屈地皺著眉頭，你向她大聲喊道：

「等這裡關門我就回去。」

母親終於鬆開了眉頭。

「一定要喔！」她對你喊道：「太陽下山前要回來啊，一起吃晚餐！」

母親離開還不到一頓飯的功夫，你便看到一名穿著褐色棉袍的老人朝你走來，於是趕緊起身。他滿頭白髮，戴著紳士帽，在泥地裡撐著一根拐杖蹣跚前進。你用本子和原子筆壓在紙上以免被風吹散，然後走下階梯前去攙扶他。

「請問您是來找誰呢？」

「兒子和孫女。」

老先生的牙齒少了幾顆，用不太標準的發音對你說。

「我啊，昨天從和順那裡搭人家的耕耘機過來，聽說耕耘機沒辦法進來市內，所以我們往沒有軍人看守的山路走，好不容易才越過那座山……」

老先生喘了口氣，嘴角邊積滿了灰白色的口水泡泡。這個老爺爺就連平地都走不穩，究竟是如何越過一座山抵達這裡的，你百思不得其解。

「我家小兒子啊，是個啞巴……小時候得過熱病，所以不會講話。前幾天我聽光州來的人說，軍人在市裡用棍棒打死了幾個啞巴，這事已經發生好一陣子了。」

你攙扶他爬上階梯。

「然後我大兒子的女兒是自己住在全南大學對面，昨天晚上去她家時，發現她失蹤了，屋主和鄰居都已經好幾天沒見到她。」

你走進禮堂，戴上口罩。那些穿著喪服的女子正在用方巾打包飲料瓶、報紙、冰袋和遺照，準備要回家了，另外還有一些死者家屬在猶豫該把棺材移回家還是放這裡。

老先生婉拒了你的攙扶。他拿起皺皺的紗布巾，摀著鼻孔走在前頭。他仔細確認掀開的白紗布後那一張張面孔，不停搖著頭。老先生規律地敲著拐杖，聲音讓禮堂的橡膠地板吸收了，變得混沌而厚實。

「……那些人是誰？為什麼要把臉遮起來？」

老先生指著那些白布蓋到頭頂的遺體問道。

你猶豫著，想要逃避協助確認的義務。每次碰上這種時候你就會遲疑，因為要是掀開那條沾染血跡和屍水的白色紗布，就會出現皮開肉綻的臉、被刀砍斷的肩膀，以及在襯衫領口間腐爛的乳溝。每到深夜，那些畫面便清楚浮現在你腦海，就算是睡在道廳本館地下室用餐廳椅子排成的床，也會突然驚醒。你不禁打了個寒顫，因為那些刺刀砍向你臉部與胸部的幻覺，實在太過真實。

你走在前頭，帶著老先生前往最角落的那具遺體。你的身體彷彿被一顆大型磁鐵拒斥著，不自覺地想要往後退。你為了贏過這股推力，把肩膀向前縮著行走。當你彎下腰準備掀開紗布時，看見藍色內焰下正流淌著半透明的燭液。

靈魂究竟會在他們的軀體旁待多久呢？

難道是因為靈魂像翅膀般拍打，才使得燭火頂端不停搖盪嗎？

你心裡想著，希望視力可以變得更差，差到連近在眼前的事物都看不清楚，可惜現實是你可以看得一清二楚。在尚未掀開白色紗布前，你不會閉上眼睛；直到看見血為止，你都會緊咬下唇緩緩掀開紗布；就算掀開後要重新蓋上，你也不會閉起眼睛。你咬緊牙關心裡想著：我會逃走的。要是當時躺在地上的不是正戴而是這名女子，你還是會逃走；就算是大哥和二哥躺在地上、父親躺在地上，甚至是母親躺在地上，你也一定會選擇逃走。

你回頭看了看情不自禁搖著頭的老先生，沒有詢問那是不是他孫女，只有耐心靜候他開口說話。絕對不能原諒。你看著老先生的雙眼，那雙眼睛宛如看見此生最恐怖的畫面般不停抽搐。我絕不會原諒任何人，包括我自己。

第二章　黑色氣息

（正戴的故事）

我想要看看他們的臉，

想飄蕩在那些人沉睡中的眼皮上，

想闖進他們的夢裡，

想一整晚在他們的額頭、眼皮間徘徊飄蕩，

直到他們在噩夢中看見我那流血的雙眼，

直到他們聽見我的聲音，

到底為什麼要對我開槍、為什麼要殺我。

我們的軀體以十字形層層交疊。

有個大叔的軀體垂直疊在我的肚子上，大叔的肚子上又疊著一名陌生大哥的軀體。那個大哥的頭髮落在我的臉上，他的膝蓋後方又剛好壓在我沒穿鞋的腳上。我之所以能看見這一切，是因為我和我的軀體緊緊黏在一起不停飄蕩的緣故。

他們快步走了過來，身穿迷彩軍服，頭戴鋼盔，手臂上別著紅十字臂章。他們以兩人為一組，開始將我們的軀體往軍用卡車丟，像是在搬運穀物袋一樣，機械性地拋擲。我為了不要和軀體失散，趕緊死命黏著我的臉頰、後腦勺，搭上了軍用卡車。詭異的是，這世界裡只有我一人，看不見其他靈魂。儘管有好多靈魂就近在咫尺，我們也無法看見、感受到彼此。可見「我們黃泉再見」這句話根本不成立。

卡車載著我們的軀體，隨路況顛簸不停搖晃。我的軀體因失血過多而心跳停止，心臟不再跳動後，血也還是照樣流不停，所以我的臉變得像習字紙一樣薄透灰白，這是我第一次看見自己闔上眼睛的樣子，有點陌生。

夜幕低垂，開離市區的卡車正行駛在一片荒郊野外，後來開上了一條橡樹叢生的低緩坡道，前方有一道鐵門。卡車暫停在門前，兩名哨兵對駕駛的軍人行舉手禮。當哨兵開關鐵門時，鏽鐵發出一陣尖銳刺耳的聲音。卡車從門口再沿山坡繼續往上開，最後停在一棟單層水泥屋與橡樹林中間的空地。

他們下了車，解開車尾鎖頭後，再次以兩人一組，抓起我們的手腳搬運。我滑落到我軀體的下巴、臉頰處，黏著自己的身體抬頭仰望燈火通明的單層屋子，我想知道這是哪裡，我的軀體是送到了什麼地方。

他們走進空地後方的樹叢裡，看起來像長官的一名男子下達指示，再次將我們的軀體交疊成十字形人塔。我的軀體壓在由下往上數來第二個，就算被那樣重重壓扁，也擠不出任何一滴血水。我的頭向後仰、嘴巴半開，臉色在樹蔭下顯得更加慘白。他們用米袋覆蓋最上層的男子軀體以後，這座人塔儼然就成了一具有著數十隻腳的巨型野獸屍體。

他們離開後，天色變得更加昏暗，原本還殘有一點餘光的西邊天空也逐漸轉黑。我緊貼人塔，從遮擋半圓月的霧灰色雲朵中，看見了一道蒼白的光線，而那道光照出的樹蔭倒映在死者的臉上，形成了像紋身一樣怪異的圖騰。

接近午夜時分，一團柔軟的形體默默湊來我身邊。我不知道那個沒有臉、沒有身體、不發一語的影子到底是誰的，所以只好按兵不動。雖然我曾經試圖要跟那些靈魂搭話，卻發現原來我們從未學過如何與靈魂溝通。

我想，那名靠近我的靈魂應該也覺得束手無策吧。雖然我們不曉得要如何搭話，卻可以用盡全身的力氣感受到我們在想著彼此。最後那抹靈魂有些絕望地離開，我又回到獨自一人的狀態。

到了深更半夜，類似的事情不斷上演，每次只要感受到有物體漸漸靠近我的影子時，就會發現是其他靈魂。沒手、沒腳、沒臉也沒舌頭的我們，只有靜靜地靠近彼此，思考著對方究竟是誰，最後仍是一句話也沒能搭上就離開。

每次只要一名死者的影子離去，我就會抬頭仰望天空。雖然我想要將那顆雲層包圍的半圓月想像成是眼球，正與我四目相交，但終究它只是塊荒蕪的銀色巨石罷了。

我偶然想起了你，就在那陌生又真實的夜晚即將結束之際，一片漆黑的天空終於轉成灰紫色，準備邁入清晨。是啊，原本我們是在一起的，就在宛如冰冷棍棒的東西突然重擊在我側腰之前；就在我變成布偶娃娃一樣應聲倒下前；就在腳步聲彷彿要震碎柏油路、震耳欲聾的槍聲響起、我高舉雙手之前；就在我感受到腰間噴出的溫熱鮮血蔓延至肩膀和後頸前。在這些事情發生之前，我一直都是和你在一起的。

草叢裡的蟲拍打著翅膀簌簌作響，不知躲在何處的鳥兒開始哭啼。黑色巨樹隨風搖擺，葉片摩擦發出窸窸窣窣的聲音。我原以為會看到蒼白的太陽冉冉升起，然而太陽已經迅速移動到天空中央。堆疊在樹叢後方的數十具軀體開始受到陽光照射，逐漸腐爛。身體上瘀著黑血的部位招來許多牛蠅和蒼蠅，牠們搓著前腳、爬行、飛翔、停留，我在自己的軀體周圍搖盪，目睹著這一切。雖然想要確認你的軀體是否也堆在那座人塔裡，雖然想要確認昨晚靠近我、撫摸我的靈魂之中是否也有你，但我就像受到磁鐵緊緊吸附般，無法離開我的軀體，視線也離不開自己那張蒼白如紙的臉。

直到接近中午時，我終於明白了。

這裡沒有你。

你不僅不在這裡，而且還活著。也就是說，靈魂無法辨別身旁的那些靈魂是誰，但是只要用盡全身力氣專注思考，就可以感應誰是死者、誰是生者。在這陌生的樹叢下，無數具腐爛中的身體裡，居然沒有任何一個我認識的人，光想到這裡，我就感到不寒而慄。

更可怕的還在後頭。

我為了克服心中恐懼，開始回想起姊姊。我望著烈陽直直往南偏移，我望著自己的臉和一雙雙闔上的眼，想著姊姊，腦中只想著她。然後我感覺心如刀割，姊姊已經死了，甚至還比我早走一步。我在沒有舌頭、沒有嗓音的狀態下想要啜泣流淚，但取而代之的是血液和屍水滲出的疼痛感。我沒有眼睛，不知道究竟是哪裡在流血、哪裡感到疼痛。我重新觀察自己的身體，沒有任何液體流出。那雙髒兮兮的手也毫無動靜，指甲上的血水氧化後變成了深紅色，上頭爬著紅蟻。

我突然覺得自己已經不是十六歲，說我是三十六、四十六歲也嫌太年輕，說我是六十六歲，甚至是七十六歲也不為過。

我再也不是那個全班最矮的正戴，也不是最愛也最怕姊姊的正戴。我突然感覺到一股強而有力的力量，那不是來自死亡，而是來自不停的思考。究竟是誰殺了我，誰殺了我姊，為什麼要殺我們……我愈思考，那股力量就愈強烈，不停從沒有眼睛也沒有臉頰的部位流淌出的鮮血，因此更加炙熱黏稠。

看來姊姊的靈魂應該也正在某處飄蕩著，到底是哪裡呢？現在的我們已經失去了身體，所以應該不必為了見面而移動身體，但是沒了身體，我們又該如何相見？如何認出沒有身體的姊姊？

我的軀體持續腐爛，裂開的傷口招來了更多「蚊蠅群眾」，停在眼皮和嘴脣上的牛蠅則搓著他們的細長黑腿，一點一點地移動著。正當橡樹林樹梢間透出橘色光線，太陽準備西下時，想了一整天姊姊究竟在哪裡而疲憊不堪的我，開始想起了他們。

那些殺死我和我姊的人，現在到底在哪裡，就算他們現在還活著，也有靈魂，所以只要一直想一直想，一定能夠接觸他們。我想要丟下我的軀體，想要剪斷那條像蜘蛛絲一樣從軀體延伸而出不斷拉著我的牢固細線，我想要飛向他們，質問他們，到底為何要殺我、殺我姊，以及他們是如何殺害她的。

天色漸暗，鳥兒的哭啼聲已停止，相較於白天，蟲鳴聲在夜裡更顯微弱，但牠們依舊拍動著翅膀。隨著天色完全變暗，某個人的影子一如昨晚往我這裡飄來，我們撫摸著彼此的輪廓，最後又各自分散。或許我們白天在烈陽底下哪兒都去不了、只能黏在軀體旁時，其實都在煩惱著同樣的問題，得到晚上那股磁力才會減弱，多少能離開軀體一段距離。我們就這樣撫慰著彼此、想要了解彼此，但最終也沒能得到任何資訊，直到那群軍人再度到來。

開關生鏽鐵門的聲音劃破了寂靜的夜晚，車體引擎聲逐漸逼近，刺眼的車頭燈照了進來。當車燈照亮我們的軀體時，原本像黑色紋身般映在我們臉上的樹影也跟著改變了形體。

這次只來了兩個人，他們搬運著新送來的死者，一具一具丟往我們這裡。有四名死者頭蓋骨被鈍器打到凹陷，上衣沾滿了血漬，另外還有一名是穿著藍綠色條紋病患服的死者。他們將那些遺體再次交錯堆疊成人塔，就放在我們的身旁，最上層是穿著病患服的軀體。他們同樣蓋上米袋後，便往後走去。我看見他們緊皺眉頭、兩眼呆滯，想必才經過一天時間，我們的軀體就已經腐爛到發出令人難忍的臭味。

他們啟動卡車引擎時，我緩緩飄到了那些軀體旁。不只是我，我感覺到其他靈魂的影子也慢慢靠了過來，圍繞著那些軀體。頭蓋骨凹陷的男女身上還流著淡淡的血水，猜測可能是用水淋過一遍，只有臉是大概擦拭過的，五官輪廓都算清楚乾淨。那些軀體之中唯一最特別的是穿著病患服的年輕男子，胸前蓋著米袋，比其他人的軀體都還要乾淨整潔。他的軀體明顯是整理過的，傷口還有人幫他縫合塗藥；他頭上包裹的層層繃帶，在黑暗中顯得格外潔白。同樣都是死人，他的軀體看上去卻是如此高尚，我突然心生妒忌，對於我的軀體被疊壓在幾乎是最下層感到羞愧且厭惡。

是的，就是從那一刻起，我開始討厭我的軀體，討厭像肉塊般丟棄堆疊的那座人塔，也討厭在豔陽下散發著陣陣惡臭、逐漸腐爛的那些髒兮兮面孔。

要是能閉上眼睛該有多好。

我們的軀體成了一座有著數十隻腳的巨型怪物屍體。要是可以不必再看見這一切該有多好；要是可以不小心睡著該有多好；要是現在可以倒栽蔥跌進黑暗的意識谷底該有多好。

要是能躲進夢裡該有多好。

不，就算是躲進記憶裡也好。

回到我在你們班的教室走廊徘徊，等待你下課放學的去年夏天。我看見你們班導剛從前門出去，就馬上拿起書包衝去找你。其他同學都已經走出教室，我卻不見你的蹤影，所以趕緊跑進教室裡，看見你正在擦黑板，於是喊了你一聲。

「你在幹嘛？」

「我是這星期的值星。」

「你上星期不是也當值星？」

「原本那個要當值星的人說有事情要去開會，所以跟他對調了。」

「白癡。」

回到我們面對面傻笑的那個瞬間；粉筆粉末飄進鼻孔裡感覺快要打噴嚏的瞬間；我把你已經拍打乾淨的板擦偷偷放進書包裡的瞬間；面對一臉茫然的你，不帶任何炫耀、悲傷、羞愧地述說著我姊故事的那瞬間。

那天晚上，我把涼被蓋在肚子上，假裝今天很早就睡著。總是加班晚歸的姊姊，一如往常在洗手臺前攤開小桌子，吃著用冷水泡開的冷飯果腹。她洗完澡刷完牙後，躡手躡腳地往窗戶旁走去。我瞇著眼睛，在一片漆黑的房間裡看著她的側影。她正準備要確認蚊香是否在燃燒時，發現我偷放在窗臺上的板擦，笑了出來，一次是像嘆氣一樣小小聲的，不久後又再次發出咯咯笑聲。

姊姊面帶微笑，搖了搖頭，將那塊板擦拿起來端詳了一番又放了回去。她和往常一樣在離我很遠的地方鋪著床墊和棉被，都已經躺下準備要睡覺時，她再度掀開棉被，起身膝行到我這裡。原本瞇著眼睛裝睡的我，這次真的閉上了眼睛。姊姊用手摸了摸我的額頭和臉頰，便重回她的位子去睡覺。剛才聽見的那個笑聲，在一片漆黑的房間裡再度傳出，一次是像嘆氣一樣小小聲的，不久後又再次發出咯咯笑聲。

在這片伸手不見五指的樹叢裡，我需要牢牢抓緊的就是這些記憶。在我還擁有軀體時，那天晚上所發生的一切：深夜裡，窗戶縫隙間不斷竄進溼冷的寒風，那股風輕撫過我腳背的感覺；睡著的姊姊渾身散發著淡淡的乳液香與撒隆巴斯味；草蟲聲嘶力竭的唧唧鳴叫；在門前不斷長高盛開的蜀葵花、滿開在你臥房對面磚牆上的野玫瑰；還有我那張姊姊撫摸過兩次的臉，姊姊心愛的我那張閉著眼睛熟睡的臉。

我需要更多記憶。

要更快不斷回想起更多記憶。

夏天晚上，我們在院子裡手腳撐地，將冷水直接沖在背上。你把那世界上最乾淨、最珍貴、剛打上來的冷水，直接整盆倒在我溼黏的背上。你看著猛打哆嗦的我捧腹大笑。

我沿著河川旁的街道騎著腳踏車，穿過迎面而來的風不斷馳騁，身上穿著的短袖校服襯衫像翅膀一樣啪啦啪啦地拍動。我聽見你在後頭喊著我的名字，於是更用力踩起踏板加速。等我發現你的聲音距離我越來越遠時，更是愉快地踩著踏板。

佛誕日剛好碰上了星期天，為了去一趟母親下葬的寺廟，我和姊姊一起南下康津，當天來回。從市外公車窗戶看出去是一片片水田，「姊！整個世界都是魚缸耶。」在還沒插秧的清澈水田上，倒映著一望無際的藍天，洋槐花香從車窗縫隙間飄了進來，我也不自覺地歙張著鼻孔。

姊姊蒸了馬鈴薯給我吃，我吹著那燙口的馬鈴薯，一口一口吃下肚。我還吃了一塊甜得像糖一樣的西瓜，就連一顆顆像黑寶石的西瓜籽也統統咬碎吞食。

我把用來裝菊花餅[5]的紙袋摺成小塊，放進毛衣的左邊口袋，往姊姊在等待的家跑去。我的雙腳已經凍得毫無知覺，感覺只有心臟是在激烈跳動的。

我想要長高。

我希望可以連續做四十下的伏地挺身。

總有一天，我也想抱抱心儀的女孩，第一個願意接受我的女孩。我想要把微微顫抖的手，放在那個連長相都不知道的女孩心房上。

5　韓國路邊小吃，做成菊花形狀，外皮薄軟，內包紅豆餡。

想想我那正在腐爛的側腰。
想想貫穿那裡的子彈。
想想一開始感覺像冰冷棍棒的那玩意兒，
瞬間變成一顆火球，翻攪五臟六腑，
使我另一側腰際也穿出一個洞，
讓體內所有溫熱鮮血全都流失。
想想射出那玩意兒的槍口，
想想冰冷的扳機，
想想扣下扳機的那隻溫熱手指，
想想瞄準我的那雙眼睛，
想想下達射擊命令的那個人的眼睛。

我想要看看他們的臉，想飄蕩在那些人沉睡中的眼皮上，想闖進他們的夢裡，想一整晚在他們的額頭、眼皮間徘徊飄蕩，直到他們在噩夢中看見我那流血的雙眼，直到他們聽見我的聲音，到底為什麼要對我開槍、為什麼要殺我。

寂寥的白晝與黑夜已畫下句點，清晨與傍晚的灰濛濛天色也已散去，每到子時就會傳來的軍用卡車引擎聲與刺眼的車頭燈也已不再。

每次只要他們來過，就會多一座人塔。都是一些頭顱凹陷、肩膀脫臼的軀體，時不時還有穿著病患服綁白繃帶的乾淨身軀混在其中。

有一回，我在他們堆疊的十幾名軀體上看不見任何容貌。直到我發現原來他們並非被斬首，而是遭人用白色油漆塗掉臉部時，才緩緩飄走。那些人的臉孔白得像鋁箔紙一樣，頭全都向後仰著，朝向樹叢。沒有眼睛、沒有鼻子、沒有嘴巴，面對著虛空。

這些軀體都是當初和我一起站在那條街上的人嗎？和我一起高聲喊叫，一起朝打開大燈、不斷湧進的公車與計程車歡呼。這些人會不會也和我一樣都曾站在那條街上？

當初在車站前被槍斃的兩名大叔遺體，被人用手推車載著推在隊伍最前面，如今他們的軀體在哪裡？在虛空中盪呀盪，不停搖晃的那些赤腳丫最後又是什麼結局？你親眼目睹這些血腥殘忍的畫面時，神情十分驚恐。你用力眨著眼睛，眉毛也不停顫抖，當時我們還手拉著手的。「我們的軍人，開槍了……」我把瞠目結舌杵在原地的你拖向隊伍前方。「我們的軍人，開槍了……」我奮力拉著幾乎快要情緒潰堤的你向前走，用力高唱著國歌，唱到喉嚨都快沙啞，直到他們在我腰間鑲入一顆像燒燙火球般的子彈，直到那些臉被白色油漆抹去。

第一座堆成人塔的那些軀體最先開始腐爛，上頭爬滿了白色幼蛆。我默默地看著我的臉一塊一塊腐蝕，五官已經變得模糊不清，輪廓也不再清晰可見，任何人都再也辨別不出那個人是我。

每到半夜，就會有越來越多影子依偎在我的影子旁。依舊是沒有眼睛、沒有手、沒有舌頭的我們，互相靠近彼此。雖然我們仍然不知道對方究竟是誰，卻多少能夠感覺到彼此已經在這裡待了多久。每當新來的影子和從一開始就一起在這裡的影子同時與我交疊時，我不知道該如何言喻，但就是能夠分辨出他們的信號。有些影子感覺從很久以前就承受著我從未經歷過的痛苦，會不會是那些每一根手指頭的指甲下方都有著紫色傷口、渾身溼漉漉的軀體的靈魂呢？每當他們的影子靠近我的影子時，都會傳遞出可怕無助、痛苦萬分的信號。

要是能再那樣相處久一點，會不會某天我們就能知道彼此是誰？或者找出交談的方法？

然而，那個夜晚終究還是來臨了。

那天下午下了一場大雨，因為雨勢猛烈，我們的血液給沖得一乾二淨，沖洗過後的軀體也加快了腐爛的速度，一張張黑得發青的臉，在接近滿月的月光下閃著微光。

他們比平常更早來，還沒到午夜就抵達了。一如往常，我一聽到他們的動靜就飄離人塔，靠到樹林的影子上飄蕩。過去好幾天一直都是同樣的兩個人前來，這次卻來了六名軍人，而且都是生面孔。他們任意抓起卡車上的軀體隨地丟擲，不知為何突然不再交疊成十字型。他們好像再也忍受不了臭氣沖天的屍臭味，摀著口鼻退向後方，雙眼空洞地凝視著一座又一座的人塔。

其中一人走回卡車，雙手提著一大桶汽油緩緩走來。他用腰部、肩膀、手臂撐著塑膠桶的重量，一步一步走向我們的軀體。

我心想：完了。無數個影子飄蕩搖擺著，鑽進我的影子和彼此的影子當中。我們在虛空中聚集，接著又散去，然後影子的邊緣再次重疊，無聲無息地飄動著。

兩名等待中的軍人走了出去接過汽油桶，他們冷靜地轉開油桶蓋，開始在人塔上淋汽油，公平且均勻地淋在我們所有人的軀體上，直到桶子裡一滴油也不剩。然後他們向後各退了幾步，在乾枯的樹枝上點燃火苗，奮力朝我們的軀體丟去。

&

我們身上的衣物成了助燃物，最先開始燃燒，接下來則依序燒到頭髮、汗毛、肌膚、肌肉、內臟。火勢猛烈到彷彿即將吞噬這座森林，空地也變得像白晝一樣明亮。

那時我終於明白，原來使我們滯留在這裡的就是那些肌膚、頭髮、肌肉與內臟。軀體吸引我們的磁力頓時減弱，原本退後到樹林間相互依偎、交錯的我們，瞬間沿著軀體冒出的一陣陣黑煙衝上空中。

他們準備走回卡車，只剩下一名一等兵和別著中士軍階章的軍人站在原地。他們似乎接到上級指示，命令他們得看守到燃燒殆盡為止。我朝著那兩名年輕軍人緩緩飄下，游移在他們的肩膀與後頸，仔細觀看那稚嫩的臉龐。我從他們充滿恐懼的瞳孔中，看見了我們的軀體正在熊熊燃燒。

我們的軀體不斷噴著火焰逐漸焦黑，臟器也被火燃燒到逐漸凹陷蜷縮。間歇性噴出的黑煙，宛如軀體在呼吸的氣息，而在那呼吸逐漸微弱的地方，露出了白骨。那些露出白骨的軀體的靈魂，不知不覺間已經離軀體遠去，我再也感受不到飄移的影子，也就是說，大家終於自由了，我們可以去任何地方了。

「該去哪裡好呢？」我問了問自己。

去找姊姊吧。

但是姊姊在哪裡呢？

我想要先想好再行動，因為要等到我那幾乎壓在最底層的軀體燒成白骨前，還有一段時間。

去找那些殺死我的人好了。

但是他們在哪裡呢？

我在倒映著樹林黑影的空地泥濘上游移，思考著究竟該何去何從。我並不覺得痛苦，那張腐爛的臉即將消失無蹤，就算那羞愧的軀體最後燃燒成灰，我也一點都不可惜。我想要像擁有生命時那樣單純、無所畏懼，不想擔心害怕任何事情。

去找你吧。

於是，一切都變得明確了。

沒什麼好著急的，只要在太陽出來前飄上天空，就能找到燈火通明的都市中心，游移到拂曉的街道上，再慢慢飄回你我一起住過的那棟房子。或許這段期間你已經找到了姊姊，只要跟著你或許就能夠找到姊姊的軀體，見到在軀體旁飄蕩的姊姊。不，說不定姊姊已經回到我們住過的那個房子等著我，在那扇窗臺旁、在冰冷的石階上緩緩飄蕩。

火勢逐漸變小後，我鑽進只剩下餘火的火苗之間，人塔已經傾倒，縱橫交錯的燙手遺骸，已經分辨不出誰是誰。

那個清晨十分寂寥。

火勢熄滅後，樹林再次回到一片漆黑。

兩名年輕軍人跪坐在泥地上，倚靠著彼此的肩膀，已經睡死了。

我就在那時候聽見了聲響。

先是宛如數千發煙火朝天空齊放般的巨大聲音，接著從遠處傳來遍野哀鳴，然後是所有人同時噤氣的聲音，最後是飽受驚嚇的靈魂一口氣從軀體抽身而出的動靜。

那時候，你死了。

雖然我不知道確切地點在哪裡，但是我感受到你死掉的那一瞬間。

我被拋到暗不見光的高空中，飄到更高處。那裡一片漆黑，任何方向、任何地區、任何住家都不見一盞燈開著，只有遠處那個地方竄出耀眼煙火。我看見接連朝天空施放的照明彈，以及槍口擦出的火花。

我是不是該去那個爆炸現場？要是我奮力往那裡飄移，會不會就能見到你？

看見那個剛從軀體裡衝出來、嚇得魂飛魄散的你。我的眼睛依然流著鮮血，逐漸逼近的拂曉宛如巨大的冰塊，我發現自己哪兒都去不了。

第三章 七記耳光

（恩淑的故事）

在你死後，我沒能為你舉行葬禮，

導致我的人生成了一場葬禮。

就在你被防水布包裹、被垃圾車載走以後，

在無法原諒的水柱從噴水池裡躍然而出之後，

到處都亮起了寺院燈火。

在春天盛開的花朵裡；在雪花裡；在日復一日的黑夜裡；

在那些你用飲料空瓶插著蠟燭的火苗裡。

星期三下午四點鐘左右，她被賞了七記耳光。因為是連續重重摑在同一片臉頰上，所以不曉得從第幾記耳光起，她右臉顴骨上的微血管便破裂了。她用手揉著臉頰，走到了街上。十一月底的空氣清爽又帶有一點涼意，到底該不該回公司呢？她呆呆地站在斑馬線前，感覺臉頰迅速腫起。她吞下牙齦處聚積的鮮血，朝公車站牌方向走回家。

第一記耳光

從今以後，她會忘掉這七記耳光，一天忘掉一記，今天是第一天，所以一個星期後便能忘得一乾二淨。

她用鑰匙打開房門走了進去，脫下鞋子後排放整齊，還未解開大衣鈕扣就直接趴在地上。她用手臂墊在左臉頰下方，以免擠得口歪眼斜，右臉頰則持續發燙腫脹。她感覺到右眼變得難以睜開，從臼齒上方開始的疼痛，連帶使得太陽穴附近也跟著隱隱作痛。

她以那樣的姿勢趴了約二十分鐘，然後坐起身子，脫下外衣，吊掛在直立式衣架上。她穿著一身白色衛生衣褲，腳踩拖鞋，走到外頭的洗臉臺前。她接了一盆冷水，澆淋在那半張臃腫的臉頰上，然後張著不易開合的嘴巴，用牙刷輕輕「擦拭」著一顆顆牙齒。電話鈴聲響起，無人接聽後歸於沉寂。她用毛巾將溼溼的腳擦乾，回到房間內，電話鈴聲又再度響起。正當她把手伸向話筒準備要接起時，突然改變了主意，決定將電話線直接拔掉。

「接了又有什麼用。」

她一邊喃喃自語，一邊在地板上鋪著棉被與床墊。她沒有絲毫飢餓的感覺，就算勉強吃點什麼也一定會消化不良。棉被裡頭還很冰涼，她縮起身子用棉被緊緊包裹住身體。剛才那通電話應該是公司總編打來的，她估計得回答總編會問的尷尬問題。「沒事、沒事，只是挨了幾巴掌而已，不不，只是被打耳光。我可以上班的，沒問題，不用去醫院也可以，只是稍微腫起來而已。」因此，看來拔掉電話線確實是明智之舉。

在逐漸變暖的棉被裡，她終於能好好伸展一下四肢和筋骨。她抬頭看著昏暗的窗外，已經接近傍晚六點鐘，外面的燈光使窗框的某些部分呈現老舊泛黃的顏色，隨著臥姿變得舒服、棉被逐漸溫熱，她開始感到全身放鬆，但臉頰的疼痛感也因此更加明顯。

我該如何忘掉第一記耳光呢？

男子第一次賞她巴掌時，她沒有發出任何聲音，在下一記耳光打上來前也沒有閃躲。她沒有從椅子上站起身，也沒有蜷起身體躲進調查室桌下，更沒有往門口奔逃。她只是屏息以待，等待男子停手，不再打她。包括第二記、第三記、第四記耳光，她都深信那會是最後一記。直到第五記耳光打下時，她才明白看來男子是不會對她手下留情了。第六記耳光朝她臉頰重重襲來時，她不再多做思考，也不再數這是第幾記了。直到男子甩完第七記耳光，坐在桌子對面的摺疊椅上時，她才終於將這兩記加在先前數到的第五記上，總共七記耳光。

男子的長相平凡，整體來說毫無特色，只有嘴脣偏薄。他穿著寬領的米色襯衫，搭配灰色寬西裝褲，繫著一條扣環特別閃亮的皮帶。要是在街上偶遇，會認為這人只是個平凡的公司主任或課長。男子張開那薄薄的嘴唇說：「狗娘養的賤人！妳這種賤貨就算在這裡被怎樣了，也沒人知道。」

她還不知道自己的臉頰早已出血，只是雙眼直愣愣地望向男子。

「要是不想連自己怎麼死的都不知道，最好給我乖乖聽話，告訴我那傢伙現在到底在哪裡！」

男子口中的那傢伙是一名譯者。她和譯者初次見面，是半個月前在清溪川旁的一間甜點店裡。那天天氣突然轉涼，得開始改穿冬衣。她用衛生紙將麥茶杯底部沾溼的桌面擦乾，隨即取出一份校對稿。她為了讓對坐的譯者能夠方便閱讀，於是將校對稿轉向譯者擺放。「老師，請您慢慢看。」就在她喝著涼掉的麥茶、撕著菠蘿麵包的酥皮放入口中這段時間，那名譯者幾乎花了整整一小時在仔細審閱原稿文字。只有在需要微調與潤飾的部分徵詢了一下她的意見，最後則提議一起確認書稿目錄。她把椅子搬到譯者身旁，將校對稿一頁頁翻開，再次確認目錄與修改部分。最後起身準備道別時，她開口問道：「等書出版以後要如何聯絡您？」他笑著回答：「我會去書店裡自己找來看。」她從包包裡拿出一袋信封推給他。「這是我們公司老闆叫我先給您的，是初版版稅。」他默默收下了那袋酬勞，塞進外套內側暗袋。「那接下來的版稅要如何給老師？」「我會再主動與您聯絡。」那名譯者和她想像中的通緝犯有一大段落差，因為他的眼睛感覺連一隻蟲都不忍心殺害，全身肌膚也偏黃，似乎是肝臟不好所引起，下巴和肚子也都長著肥肉，這應該與他長時間足不出戶有關。「天氣這麼冷還勞煩您大老遠跑來，實在不好意思。」一輩分大自己許多的譯者，說話竟如此客氣，她只能簡單微笑回應。

「從妳抽屜裡翻出來的這玩意兒……這不是那傢伙的筆跡嗎？這樣還不知道他在哪裡？」

男子粗魯地把校對稿往桌上一扔，她刻意避開男子的視線，眼睛往上看著布滿灰塵的白燈泡。她心想又要被打了，然後眨動著雙眼。

那瞬間，不知為何她想起了噴水池，從短暫闔上的眼皮裡，看見了六月的噴水池噴著晶瑩剔透的水柱。當年只有十九歲的她，搭著公車經過那座噴水池時，用力眨了一下眼睛。一顆顆水滴散發的刺眼光芒，直接射穿她的眼皮，刺進了瞳孔。她在家門前的站牌下車後，走進了公共電話亭，將書包放在地上，用握著拳頭的手擦拭額頭上的汗珠，然後投了幾塊銅板進電話裡。她按下一一四查號臺靜靜等待。「麻煩告訴我道廳民眾服務室的電話。」聽取電話號碼後，她再次撥打並等待。「我看到噴水池在噴水，我認為這樣很不好，」她原本顫抖的聲音慢慢變得清楚明確，「怎麼能這麼快就開始噴水，現在是有什麼值得噴水慶祝的事嗎？才事隔多久，怎麼可以這樣呢？」

「他的聯絡方式連家人都不知道，怎麼可能告訴一個素昧平生的出版社職員？」她繼續眨著眼睛對男子說道：「……我真的不知道。」

男子的拳頭朝桌面重擊而下，她頓時受到驚嚇，趕緊退後貼緊椅背。她用手掌摸著顴骨，彷彿再度被賞了一記耳光一樣。這時她才驚覺自己的臉頰流血了，注視著沾有血跡的手掌。

該如何忘掉呢？她在黑暗中獨自思索。

如何才能忘掉第一記耳光……

忘掉那個一開始什麼話也沒說，只是冷靜沉著地看著她，彷彿只是在公事公辦的男子眼神。

忘掉當他舉起手要一巴掌打過來時，心裡想著「不會吧」而呆坐在那裡的自己。

忘掉第一記令她備受打擊、頸椎差點扭傷的耳光。

第二記耳光

午餐時間就快到了，朴小姐身穿宛如女子高中制服的靛藍色大衣，配上一雙運動鞋，從印刷廠來到公司。聽說朴小姐是印刷廠老闆的親戚，雖然年紀輕輕，與人相處卻落落大方，加上總是面帶笑容，所以容易討人喜歡。「朴小姐來啦？」總編熱情招呼著朴小姐。原本埋首在校對稿裡的她突然抬起頭，總編一和她四目相交，神情頓時轉為凝重。滿腹好奇的朴小姐也順著總編的視線轉向她，於是兩人的目光全都停留在她的臉上。

「天啊！」

面對驚訝錯愕的朴小姐，她勉強微笑著問道：

「打樣這麼快就出來了嗎？」

朴小姐依然緊盯著她那張臉，從文件袋裡取出了打樣。

「妳的臉怎麼了？」

朴小姐回過頭，再次問了負責印務的尹代理[6]：

「恩淑姊的臉怎麼會變成這樣？」

尹代理不發一語地搖著頭，於是，朴小姐睜大了雙眼望向總編。

「唉，我都勸她今天好好在家休息了，她就是不肯。」

滿臉愁容的總編拿出一根香菸叼在嘴裡，把椅子後方的窗戶打開，探出頭去深吸了一口菸再吐出。他是個不管穿什麼衣服都看起來十分邋遢的人，對後輩也都堅持使用敬語，雖然是這間小出版社的社長兼總編，卻討厭人家稱他老闆，只

6　韓國職場的職級通常分為：社員、代理、課長、次長、部長、社長、會長，其中代理泛指主管級，一般都有四年以上工作經歷。

准叫他總編。他也是那名譯者的高中同學。

她與朴小姐結束談話後，總編把菸熄掉說道：

「金小姐，要不要吃烤肉？走，我請客。去前面三岔路口那家，點牛橫膈膜來吃。朴小姐如果不忙，也一起吃了再回去吧。」

總編突然變得過度熱情，使她感到受寵若驚。她的腦中突然浮現從未仔細思考過的一個問題：總編其實昨天一早就去過西大門警局，比她還要早去那裡接受調查，那麼，他究竟是如何說服那些刑警，證明自己一無所知的呢？

「沒關係。」

她面無表情地回答。沒辦法，因為她只要一笑，腫脹的臉頰就會無比疼痛。

「您也知道，我不喜歡吃烤肉。」

「對喔，金小姐不吃烤肉。」

總編緩緩地點了點頭。

與其說她不喜歡吃烤肉，應該說她無法忍受那些在烤盤上慢慢烤熟的生肉。當肉塊上滲出血水與肉汁時，她就會撇過頭刻意不去看；當大家在煎魚時，則會闔上眼睛不敢直視。因為平底鍋一變熱以後，魚的瞳孔會開始積水，並從張開的嘴巴中流出汁液，在那瞬間，那條死掉的魚彷彿有話要說一般，所以她會刻意移開視線。

「那妳想吃什麼啊，金小姐？」

朴小姐見狀趕緊補了一句：

「我要是在這裡吃好料，回去會被我們老闆罵的。不如……我們去吃上次那間家常菜吧。」

最後加上尹代理總共四人。他們把辦公室大門鎖上後，便走去那間烤肉店旁的家常菜餐館。

那間餐館的老闆娘每到夏天就會赤腳穿著拖鞋，大拇趾上還有黑色潰爛的傷口，到了冬天則會穿上花花綠綠的棉襪搭配毛靴。他們選了一張靠近煤油暖爐的座位坐下，等待上菜。

「朴小姐，您說您幾歲來著？」

這問題總編已經問過不下五次了，朴小姐依然以親切的口吻回答：

「我今年十九。」

「鄭社長是您的叔叔，是嗎？」

「不不，是堂叔，和爸爸是堂兄弟。」

朴小姐俏皮地述說著明明自己和堂叔是遠親關係，卻因為長相相似而經常被誤認為是親生女兒的趣事。而才新婚的尹代理有個臨盆在即的妻子，每次只要朴小姐說完一段話，就會逗得他咯咯笑。

用餐快結束時，總編開口向她問道：

「明天要不要我代替妳去檢閱科？」

總編明知道固執的她會拒絕，卻還是好心地問了一下。

「那是我分內的工作。」

「這樣嗎，我只是覺得妳昨天滿辛苦的，有點不好意思。」

她看著總編的臉，不停思考著他所說的話背後暗藏著什麼玄機。他究竟是如何順利離開那裡的？難道只有闡述事實嗎？

金恩淑才是責任編輯，兩人是在清溪川旁的甜點店見面進行最後一次校對的，其他我一概不知。還是說雖然他句句屬實，但還是敵不過內心深處良心的譴責，使他一直感到坐立難安呢？

「沒關係，那是我分內的工作。」

她再次重複剛才說過的那句話。她本來想仿效朴小姐面帶微笑，卻馬上感覺到臉頰傳來的疼痛，隨即把頭轉了過去，不讓總編看見她那腫脹的右臉。

辦公室裡的其他人都下班回家了，她把黑灰色的圍巾包到眼部以下，只露出雙眼。她再次確認煤油暖爐已完全熄滅，關上所有電燈，還把電源總開關也扣下。她推開一片漆黑的辦公室玻璃門準備要走出去時，猶豫了一會兒，把眼睛用力闔上，又再度睜開。

晚風寒冷刺骨，唯一露出的眼周肌膚都冷到像有針在刺，但是她一點也不想搭公車。工作時坐了一整天之後，她更喜歡踩著輕鬆的步伐慢慢從公司散步回家裡。這段路程只需要經過五個公車站牌，她享受著行走時沒頭沒尾浮現在腦海裡的各種想法。

那名男子是因為左撇子的關係，只用左手打我右臉巴掌嗎？

但是他把校對稿摔在桌上、給我筆的時候明明是用右手啊。

難道是攻擊人的時候才會本能的使用與情感連結的左手？

她感覺自己就像要暈車一樣，舌頭根部開始出現苦味，喉嚨、食道與胃部同時感到噁心想吐。這感覺十分熟悉，也總是會令她想起你，所以她硬吞了幾口口水，但是發現沒用，於是從大衣口袋中掏出了一片口香糖來嚼。

不過那名男子的手，是不是比一般男性的手小啊？

她低著頭，穿過一群身穿黑灰色大衣的男子、戴著白口罩的女學生，以及小腿暴露在冷風中、準備下班回家的女性上班族。

那只是一隻隨處可見的手，不特別大也不特別厚，不是嗎？

她一邊走著，一邊感受著圍巾底下依然腫脹的臉頰。她一邊走著，一邊用左邊牙齒咬著濃濃洋槐花口味的口香糖，想著沒有逃跑、沒有說話，只屏住呼吸靜靜等待第二個巴掌打過來的自己。

第三記耳光

她在德壽宮前的公車站牌下車，跟昨天一樣把圍巾包到眼下，圍巾底下的右臉頰已經消腫，不過還能夠明顯看見一顆顆泛紅的斑點，剛好是手掌形狀的瘀血痕跡。

「不好意思。」就快抵達市政廳時，體格健壯的便衣警察叫住了她。「請打開包包。」

她很清楚這種時候必須暫時把部分的自我意識抽離，宛如只要照著摺痕摺疊的紙張一樣。她毫不在乎地大方將包包攤開給對方檢查，裡面有手帕、洋槐花口味口香糖、鉛筆盒、打樣、擦嘴唇的凡士林、手冊和錢包。

「來這裡有什麼事？」

「我要去檢閱科。我是出版社職員。」

她抬起頭，注視著便衣警察的眼睛。

她依照警察的指示，從錢包裡拿出了身分證，屏住呼吸看著他搜查裝了衛生棉的口袋，就和兩天前在警察局調查室裡一樣，也和四年前在校內的學生餐廳時一樣。那是個下著雪雨的四月天，她在重考後終於進入的大學裡。

那天在學生餐廳裡，她吃著遲來的午餐。突然，玻璃門被用力打開，學生鬧哄哄地衝了進來，隨著一陣高喊聲，便衣刑警也闖了進來。她手握湯匙，傻眼地看著一群男子手持棍棒，朝逃到餐廳角落的學生猛力揮打。

一名刑警情緒特別激動，他突然走到獨自坐在柱子旁吃著咖哩飯的微胖男同學面前，舉起放在對面的摺疊椅，毫無來由就對他一陣痛打，男同學當場頭破血流。她的湯匙從手中滑落在地。她不假思索彎下腰撿起湯匙，發現地上有一張印刷紙。她撿起時，看見了上頭用粗體字寫著：打倒虐殺者全斗煥。這時一隻粗魯的手猛然用力扯住她的頭髮，從她手中奪下那張印刷紙，然後把她從椅子上拖下來。

打倒虐殺者全斗煥

她想著那句如熱刀刺進胸口般的文句，抬頭看了看貼在灰色牆上的總統肖像。

一個人的面孔究竟是如何隱藏內心的，她思考著，到底是如何將自己的冷血、殘忍和殺意，統統隱藏得那麼好。她趴在窗戶邊，坐在沒有椅背的椅子上，撕著手指甲旁一些掀起的死皮。雖然室內很溫暖，她卻沒辦法解開圍巾，紋身般的掌印因暖氣爐的熱氣而漸漸發燙。

穿著保安司令部軍服的負責人，呼喊出版社名之後，她走向了窗口，提交昨天朴小姐送來的打樣，並告訴窗口想要拿回兩週前提交、已檢閱完畢的打樣。

「稍等一下。」

在殺人魔的肖像下，是一扇毛玻璃門，她知道檢閱官就在那扇門後方工作。她想像著那些穿著軍服、素未謀面的中年檢閱官，桌上擺著推積成山的打樣的畫面。業務負責人踩著熟悉的腳步打開那扇門走了進去，經過三分鐘左右，再度回到他原本的座位上。

「在這裡簽名。」

當業務負責人把簿子推向她時，她遲疑了，因為打樣一看就知道和她當初提交的不太一樣，明顯被大幅修改過。

「請簽名。」

她在簿子上簽完名以後，領回了打樣。

不需要多費口舌爭辯，事實就是他們完成了檢閱，並將成品交還給她。

她背對窗口向前走了幾步，站在椅子之間，弓著背翻開手裡的打樣。那是過去一個月以來，她打字、對照原稿、完成三校的稿子，幾乎都可以背出來了，只剩下最後付梓的程序。

她接回這本書時，第一個感覺是內頁燒焦了，所以成了一塊黑炭。

自從進公司以來，她每個月都會進行的例行庶務就是將打樣提交給檢閱科，在規定的期限內領回，確認完三、四處（多的話十幾處）被畫上黑線塗掉的部分以後，再無奈地回到辦公室，把被修改過的打樣交給印刷廠印刷。

但是這次不太一樣，這本打樣的引言大約有十頁，結果一半以上都塗了黑線，接下來大約有三十頁更是全都被塗掉，到了第五十頁之後，似乎是嫌畫線太麻煩，乾脆直接用墨水裡的滾筒將整頁漆成黑色。正因為如此，打樣才會鼓成三角柱一般。

她將那本感覺一觸即碎的黑炭書放進包包裡，不，說得更精確一點，這書根本像鐵塊一樣沉甸甸的。她已經不記得自己是如何走出辦公室，如何通過長廊，如何順利經過有便衣警察站崗的大門。

這本劇作不能出版了，等於從頭到尾白忙了一場。她在腦中回想著前面十頁所剩無幾的幾行文句。

自從失去你們以後，我們的時間就此成為黑夜。

我們的房子與街道都變得黯淡無光。

我們在從此不再有天明與天暗的黑夜裡，吃飯、走路、睡覺。

她想著那些殘缺不全的拗口文句，用黑色墨水塗掉的整段內容，還有依稀可見的單字。你、怎麼會、看著、你的眼睛、近看或遠看、那是、清晰可見、現在、再、模糊地、為什麼你、會記得。在變成黑炭的文句與文句之間，她屏住呼吸。

噴水池怎麼在噴水？又不是有什麼慶祝活動幹嘛噴水？

她背對著配戴刺刀的黑色將帥銅像，不停向前走去。包到眼下的圍巾使她無法呼吸，於是走著走著乾脆將痠痛瘀血的顴骨露出來。

第四記耳光

第三記耳光結束後，接著又來了第四記耳光。她在等待男子的手掌朝她臉部打下，不，應該說她在等待男子主動住手；也不是，她什麼都不期不待，只有默默挨著打，任由男子為所欲為。她得忘掉這一點。第四記耳光，今天就會被她遺忘。

她在辦公室走廊尾端的洗手臺前，打開水龍頭，用冷水沾溼雙手，然後用手上剩餘的水分整理了一下那頭自然捲的長髮，再用黑色橡皮圈把頭髮束起。

她從不化妝，除了凡士林以外不塗抹任何產品在嘴唇上，也從不把臉塗抹得白皙無瑕，不穿亮麗服裝，不踩高跟鞋，不噴一滴香水。雖然今天是下午一點就可以下班的星期六，卻沒有可以一起吃午餐的男朋友。短暫的大學生活裡，連個知心的好友都沒能交到。她會一如往常地默默回到租屋處，用熱水浸泡已經涼掉的白飯來吃，然後上床睡覺。她會在睡夢中將第四記耳光徹底忘掉。

從洗手臺朝辦公室方向的那條長廊，就算是大白天也昏暗無光。「金恩淑小姐！」一句熱情的呼喊聲使她抬起了頭。她馬上看出是那是徐老師，他正背對小窗，踩著充滿活力的步伐朝她走來，用帶著磁性的雄厚嗓音向她問好。

「最近好嗎？金恩淑小姐。」

「您好。」她彎腰鞠躬時，徐老師咖啡色鏡框裡的眼睛頓時睜得老大。

「天啊！妳的臉怎麼會變成這樣？」

她微微露出半張笑容。

「臉是怎麼……」

見她面露為難，他便慢慢轉向了別的話題。

「文社長在裡面吧？」

「他今天沒來上班，聽說要參加喜宴。」

「什麼？昨天晚上和他通電話時還說今天會在公司。」

她什麼話也沒說，推開了辦公室的大門。

「老師，這邊請。」

她把老師帶到鋪著米色蕾絲布的接待桌前時，臉頰感到一陣抽搐。她走進茶水間，雙手輪流輕敷痠痛的右臉頰及緊張的左臉頰。

她努力讓自己冷靜下來，將咖啡壺加熱。把那本書變成黑炭的人明明不是她，她不明白自己為何會像說謊被揭穿那樣緊張手抖。此時此刻，為什麼總編……不，為什麼老闆不在公司？是不是不想面對，因而藉故避開這令人尷尬的局面？

「昨天晚上我和文社長通電話時，他一直嘆氣……我想親眼看看到底是被刪掉了多少內容，所以才過來。」徐老師對著剛把咖啡杯擺上桌的她說道：「就算書不能出版，公演還是會照常舉行。但因為是同一批人檢閱臺詞，所以有問題的部分看是要刪除還是修改，總之得先想辦法通過才行。」

她走到自己的座位，打開最下面那層抽屜。她用雙手拿著打樣，走到接待桌前放下。她與為人親切、總是和顏悅色的徐老師四目相交，並緩緩坐下。一看到打樣，老師頓時面露訝異，隨即趕緊拿起來仔細翻閱，包括整頁塗上黑墨水的部分也一一確認。

「老師，不好意思。」她看著正在翻看最後版權頁的老師開口說道：「實在很抱歉，我不知道該說什麼才好。」

「金恩淑小姐。」

她抬起頭，看見徐老師滿臉錯愕的表情。

「這是幹嘛呢，金恩淑小姐。」

她嚇了一跳，趕緊用手擦了擦眼角。儘管被賞了七記耳光，她也沒掉過一滴淚的，為何突然在此時此刻會控制不住情緒潸然淚下，她不明白。

「很抱歉。」她用雙手迅速擦去如泉水般不斷湧出的眼淚說道：「真的很抱歉，老師。」

「金恩淑小姐有什麼好抱歉的？幹嘛對我道歉呢？」

徐老師把打樣放回桌上。她原本想要伸手去把打樣拿過來身邊，卻一個不小心打翻咖啡杯。徐老師迅速拿起打樣以免給浸溼了，彷彿那本被塗去一大半的書裡還留有些什麼珍寶似的。

第五記耳光

星期天原本打算睡晚一點的，但是她一如往常不到凌晨四點鐘就自動醒來。

她在黑暗中坐了一會兒，然後起身走去廚房，喝一口冰開水後，覺得自己再也睡不著了，便決定去洗衣服。她挑出淺色襪子和毛巾、白襯衫，放入容量不大的洗衣機內清洗。深灰色毛衣與內衣，則手洗乾淨後晾在籃子上。牛仔褲決定等累積多一點彩色髒衣物後再洗，所以先暫放在洗衣籃裡不處理。她蹲坐在廚房地板上，聽著規律運轉的洗衣機聲時，突然又萌生了睡意。

「好吧，再睡一會兒吧。」

她才剛回房睡著，突然覺得床墊和地板硬邦邦的，上半身變得僵硬，甚至延伸至下半身。她無法動彈，也無法發出呻吟。等到這種感覺漸漸不再往下延伸，她反而開始覺得空間變得極其狹窄，彷彿有兩大片水泥牆同時擠壓著她的胸口、額頭、背部以及後腦勺，將她整個人壓扁。

她突然間喘了一大口氣，睜開眼睛。耳邊傳來了最後脫水階段的洗衣機聲音，她心想著還是再等等吧，於是洗衣機像是呼吸終止般說停就停，緊接著發出了高分貝的提示聲響。

她沒有起身，只睜開眼睛凝視著黑暗。她都還沒忘掉前面四記耳光，今天卻要忘掉第五記。事發當時心想還是別數了的那第五記耳光；感受到皮膚綻開、顴骨處開始滲血的那第五記耳光。

她到洗手臺區把衣服晾在曬衣繩上，然後回到房間。

眼看距離天亮還早，她又將棉被、床墊疊好放在抽屜櫃上，把書桌和抽屜也統統整理了一番，但是天依然還沒有亮。最後，就連當成梳妝臺來用的矮桌也都清理乾淨以後，她坐在擺著鏡子的矮桌前，讓自己暫時休息一下。鏡子裡依舊是寂靜冰冷的世界，她心不在焉地看著從鏡中世界望著自己的那張熟悉面孔，臉頰還帶有一點青色瘀血痕跡。

有一段時期，所有人都稱讚她長得很可愛。「眼睛、鼻子和嘴巴微微凸出的樣子真是討喜」、「頭髮捲得跟黑人舞者一樣」、「看來不用去理髮廳燙頭髮啦」。但是在十九歲那年夏天過去以後，就不再有人對她說這些話了。今年她已經二十四歲，旁人反而期待她要討人喜歡、惹人憐愛，臉頰要像蘋果一樣紅潤，漂亮的酒窩要滿載人生耀眼的喜悅。然而，她自己則非常渴望加速老化，希望這該死的性命不要延續太久。

她用溼抹布擦著房間地板角落，洗完抹布晾乾之後，回到書桌前坐了下來。不過就算做了這麼多事情，還是得過好一段時間才天亮。呆坐在那裡一動也不動反而使她感到飢餓，於是她去盛了一碗母親特地寄來的早稻米，然後再度坐回書桌前。她默默嚼著米飯，心裡想著其實吃這件事情滿丟臉的。她在熟悉的恥辱感裡想著那些死者，他們應該都不會再感到飢餓了吧，因為人生都化為烏有了；但是對她來說，因為還有未完的人生，所以會感到飢餓。過去五年來不斷折磨她的其實正是這一點：還會感到飢餓且面對食物會有食慾。

那年冬天，她的母親對考試落榜後不肯出門的她說：「妳就不能睜一隻眼閉一隻眼過活嗎？看妳這樣我實在太痛苦了。妳就統統忘掉那些事，像其他人一樣去上大學，賺妳的錢，找個人嫁了……幫我分擔一點壓力不好嗎？」

因為不想成為任何人的負擔，她決定重新讀書，為了盡可能遠離這個家去外地求學，所以填了位在首爾的大學志願。當然，那地方沒有成為她的避風港。便衣警察常駐在校內，被他們帶走的學生統統都遭到強制入伍，給派去擔任最前線的守衛兵。另外，也不能經常舉辦集會，否則會引來殺身之禍。不過這是一場以人生為賭注的戰爭，要是中央圖書館玻璃窗從裡面碎裂，長長的布條沿著牆外由上往下攤開，那就是信號。「打倒殺人魔全斗煥！」也有學生在陽臺柱子和自己的身體上綁麻繩往下跳，只為了在便衣警察上去拉繩子前多爭取一些時間。當他們用繩子吊著自己，散發傳單高喊口號時，三、四十名稚嫩的男女同學則在圖書館前廣場手勾著手齊唱著國歌。但是警方鎮壓的手段通常都十分凶殘且有效率，所以往往很難把整首國歌唱完。她只要從遠處默默目睹一切，晚上就會睡不著覺，就算睡著也會夢魘，從噩夢中驚醒。

她六月考完第一次期末考時，父親因中風導致右半邊身體不遂。好不容易得到藥局助理一職的母親，開始一肩扛起家計。她最後選擇休學，早上照顧父親，等到母親下班後，她再去市中心麵包店打工，做包裝麵包、送餐服務等工作，直到十點打烊為止。

她的母親每天只能睡短短幾小時，就得在凌晨起床幫她兩個弟弟準備便當。隔年父親身體好轉，開始可以自行打理三餐以後，她便復學，但上完一學期之後又因為要賺取學費而不得不再次休學。就這樣讀讀停停好不容易唸到了大二，最後還是選擇放棄學位，透過教授推薦進入了這間小出版社。

雖然母親對於這段過程感到十分自責，但是她的想法卻截然不同。就算家裡的經濟狀況沒有變糟，她也不可能讀到畢業。最終她一定會加入那些青澀稚嫩的學生，成為手勾手齊唱國歌的一份子，並且盡她所能地在那裡面撐到最後。她最害怕的，應該是只有自己一個人存活下來這件事。

她並非從一開始就計畫要自己苟且偷生。

那天她回到家，換上一身乾淨的衣服後，趁母親不注意偷溜出大門，回到尚武館。當時已經接近黃昏，禮堂出入口大門深鎖，周遭也沒有任何東西，於是她走去了道廳。民眾服務處走廊上也不見任何人的蹤影，市民軍似乎沒能搬走所有遺體，她與善珠姊收拾過的幾具遺體還遺留在原地持續腐爛。

她走到道廳別館看見大廳裡有人，之前在餐廳炊事組見過的大學生姊姊叫住了她。

「女生都在二樓。」

她跟著女大學生走到二樓走廊最底端的小房間，一進去就看見女生聚集在一起熱烈討論。

「我們也應該配槍才對，能多一人幫忙打仗是一人啊。」

「這種事怎麼能強求呢，不如就讓想配槍的人拿吧，讓那些有心理準備的人。」

妳發現善珠姊坐在桌角，用一隻手撐著下巴，於是走到她旁邊坐下。善珠姊不發一語地笑著。在那場討論中，雖然善珠姊依舊惜字如金，但是在討論進入尾聲時，她冷靜地說自己會選擇配槍的那一邊。

振秀哥約莫在十一點左右敲了敲門進入那房間。雖然經常看他手持無線電走動，這卻是她第一次看到他身上揹著槍枝，難免感到有些陌生。他開口說道：「麻煩留下三位，我只需要三名可以幫忙進行街頭廣播的人，要廣播到天亮，其他人都快回家吧。」

在剛才的討論中認為需要配槍的三人自然站了出去。

「我們也想參與到底。」

把她帶上二樓的炊事組大學生姊姊說道：

「當初就是想要和大家同生共死，我才會來這裡的。」

不知道振秀哥最後是如何說服那些女子回家的，她已經不太記得後續發展，或者，說不定是她不想記得而選擇刻意遺忘。

雖然她依稀記得振秀哥說過：「要是把女人統統留在道廳，讓她們一起死，有損市民軍的名譽。」但是她卻無法肯定自己是不是因為被那句話徹底說服而離開。她認為死了也無妨，但其實她更希望最好不要和大家一起死掉。原以為看過那麼多的死者，應該對死亡已經無感，但反而因此更心生畏懼。她一點也不想張著嘴巴、千瘡百孔地死去，半透明的腸子還裸露在外。

決定留下的三名女子中，只有善珠姊領到了一把保命用的M1卡賓槍。善珠姊聽完簡略的使用說明後，生澀地把槍揹在肩上，也沒特別回頭向其他人道別，就跟著另外兩名女大生走到一樓。振秀哥向她們說道：

「拜託讓大家站出來，等明天早上天一亮，讓道廳前可以塞滿人潮，我們會想盡辦法撐到明天早晨的。」

其他女子在凌晨一點鐘左右離開了道廳，振秀哥和其他幾名大學生護送她們到南洞天主教堂那條巷子，一群人在只有微弱路燈照射的巷子口停下了腳步。

「就在這裡分頭走吧，隨便找戶人家躲著都好。」

如果她有靈魂，或許就是在那一刻徹底粉碎的。在振秀哥穿著溼透的襯衫、揹著M1卡賓槍，面帶笑容向這些女子道別時；在她全身僵硬地看著他們重新走上那條漆黑道路回去道廳時；不，應該說是在她離開道廳前看見你時，她的靈魂已經支離破碎。當她看見穿著天藍色體育服、上身還多套著軍訓外套的你，用那窄小得還像個孩子般的肩膀揹著槍枝頻頻點頭時，她驚訝地喊了你一聲：「東浩！你怎麼還沒回家？」她走到正在說明如何裝填彈藥的青年面前。「這孩子是國中生，得立刻讓他回家。」那名青年滿臉錯愕。「他自己說他是高二的啊……剛剛我們把高一以下同學送回家的時候，他也沒離開。」她壓低音量抗議道：「這像話嗎？你看他哪裡長得像高中生？」

振秀哥的背影從黑暗中完全消失以後，女子開始分頭行動。炊事組女大生問她：「這附近有妳認識的住戶嗎？」她搖了搖頭，隨即女大生便提議：「那就和我一起去全南大學醫院吧，我表姊正在那裡住院。」

全南大學附設醫院的大廳一片漆黑，出入口大門也緊閉著。她們倆拍打大門好一陣子之後，終於看見警衛照著手電筒走了過來，護士也隨後走出，大夥兒看上去都神情緊張，原來他們以為是軍人來了。

走廊和逃生階梯的燈火也都關著，她們跟握著手電筒的警衛走進了女大生表姊住的六人病房。室內黑暗無光，窗上掛著棉被，在那片黑暗中其實患者與家屬全都醒著。女大生的阿姨連忙抓起外甥女的手，悄悄地問道：「怎麼辦啊？聽說軍人會進來，要把受傷的人統統槍斃！」

她靠在病房的窗邊坐下。旁邊病床的家屬是一名大叔，低聲對她說道：

「別坐窗邊，很危險。」

由於病房內毫無光線，所以沒能看見那位大叔的長相。

「軍人撤退的那天有子彈射進來，原本掛在窗邊的衣服還被射穿了一個洞呢，要是人站在這裡，妳想想後果會怎樣？」

她向旁邊移動了兩步。

由於病房內有一位呼吸不順的重症病患，所以每二十分鐘就有護士握著手電筒進來。每當宛如探照燈般的燈光照亮病房各個角落時，就會看見患者與家屬滿臉戒慎恐懼的表情。「怎麼辦才好啊，那些軍人真的會闖進來嗎？要是真的會把我們都殺了，是不是應該等明天天一亮就趕緊辦理出院手續啊？妳表姊才剛恢復意識一天呢，要是縫合的地方又裂開的話怎麼辦？」每當阿姨悄悄地問話時，女大生都會用更小的聲音回答她：「我也不知道啊，阿姨。」

不曉得過了多久，遠處突然傳來纖細的嗓音。她將頭轉向窗戶，透過擴音器傳來的女子說話聲愈來愈近，但那不是善珠姊的聲音。

「親愛的市民朋友，拜託到道廳前集合吧，現在戒嚴軍要進來市內了。」

她感受到病房內有一顆宛如大型氣球般的沉默正慢慢膨脹，就快頂到病房的各個角落。隨著卡車開過醫院前的那條道路，廣播聲也變得愈來愈清楚、愈來愈大聲。

「我們會奮戰到底，拜託各位也一起勇敢站出來吧。」

就在那廣播聲逐漸遠去不到十分鐘後，便聽見了軍人的動靜。

她這輩子第一次聽見那種聲響，數千人穿著軍靴踩著整齊劃一的步伐聲，還有感覺足以粉碎道路、推倒牆壁的裝甲車聲。她一頭埋進兩腳的膝蓋中間。某張病床傳來了年幼的患者在哭著哀求：「媽媽，關窗吧。」「已經關了。」「再關緊一點。」「已經關很緊了！」那些聲音好不容易經過之後，又再度聽見了街頭廣播聲劃破了市中心的寧靜，那是從好幾條街道外傳來的模糊聲音。「各位，現在就勇敢站出來吧，拜託大家，戒嚴軍就要進來了。」

最後，道聽處傳來了槍響，當時她還十分清醒，沒有睡著。她沒有遮住耳朵，也沒有閉上眼睛；沒有低頭，也沒有呻吟。她只有想起你，本來想要帶你走的，你卻拔腿往階梯方向逃跑，面露驚恐，彷彿只有奔逃才有活路般。「東浩啊，跟我走吧。你得跟我一起離開這裡才行。」你緊抓著二樓欄杆，渾身發抖。最後與你四目相望時，你的眼皮不斷顫抖，因為想要活下來，因為內心充滿著恐懼。

第六記耳光

「妳打算如何通過檢閱？」

總編低頭看著徐老師的劇團工作人員送來的招待券，自己嘀咕著。雖然看似是在喃喃自語，其實是在向她問話。

「難道老師在重寫劇本嗎？距離公演只剩下不到十五天了……怎麼來得及排練？」

當初她與徐老師的計畫是這週出版劇作，下週在報紙文藝副刊上刊登出版相關消息，這樣對劇團公演來說會是很好的宣傳機會。而且原本打算在公演期間讓尹代理站在劇場門口販售劇作，但是因為審閱結果導致出版計畫延宕，相同內容的戲劇公演也必然會慘遭停演命運。然而，不知道徐老師心裡打著什麼如意算盤，居然按照原定時程發放公演招待券。

辦公室的門伴隨著吵雜聲被推開，尹代理抱著一箱書走了進來，他的眼鏡鏡片蒙上了一層白霧。

「誰能先幫我把這副眼鏡摘掉。」

她趕緊跑向前，幫尹代理摘下眼鏡。尹代理氣喘吁吁地將那箱書直接丟放在接待桌上。她用美工刀劃開紙箱，取出了兩本書，一本先拿去給總編，再急忙翻開手中的另外一本檢查。那些書上標示的譯者姓名，已從原先通緝中的譯者改為移民至美國的總編親戚，原本擔憂的這本書，反而只被檢閱科刪掉兩段內容，最終順利移交到印刷廠印刷。

她鋪了兩張報紙在桌上，與尹代理一起將箱子裡的書統統取出。他們把書和報導資料一起放進印有出版社公司標誌的信封袋裡，依照明天要發送的各家媒體單位堆疊。

「不錯喔。」總編低頭喃喃自語。他咳了一聲之後，再次看著她正式說道：「非常好，整理好之後今天就提早下班吧。」

總編摘下老花眼鏡後站起身，把大衣披在肩膀準備套上，但是他的右手怎麼穿都穿不進去，顯得有些笨拙，看來是季節轉冬，他的五十肩又惡化了。她放下手邊的事情走向前，幫忙總編把手臂伸進衣袖裡。

「謝謝啊，金小姐。」

她看見了他那雙受寵若驚的善良眼神和過早浮現的皺紋，突然意識到如此內向懦弱的人，居然會與當局關注的作者維持友好關係，並持續出版當局關注的書籍，究竟是為了什麼？

尹代理跟著總編下班以後，只剩下她一人獨自在辦公室裡。

她因為不想提早回家，只好坐在書桌前，面對著那箱剛出版的書籍。雖然她想要試著回想譯者的容貌，但不曉得為何卻想不起對方的明確長相。她撫摸著瘀血已經消去的右臉頰，毫無痛感；她再用指尖試著按壓，只感受到微微的刺激，幾乎已經稱不上是疼痛。

新書是以群眾心理為主題所寫的人文書籍，作者是一名英國人，書中大部分實例皆取自於近現代歐洲國家，包括法國大革命與西班牙內戰、二次世界大戰。而容易被檢閱單位刪除的五月風暴學運篇，譯者早已自行省略不譯。他期許未來能出版完整修訂版，並於序言中寫道：

作者認為，雖然尚未證實影響群眾道德感的關鍵因素是什麼，但有趣的事實是，群聚的現場會產生一種特殊的道德氛圍，而且與群眾個體的個人道德水平無關。有些群眾會肆無忌憚地搶劫商店、殺人、強姦，有些群眾則會獲得個人單獨行動時難以發揮的利他性與勇氣。與其說後者的個體特別崇高，不如說是存在於人類根本的崇高性，會藉由群眾的力量展現；而前者的個體也並非特別野蠻，是存在於人類根本的野蠻，會藉由群眾的力量極大化。

接下來的段落被檢閱組刪減過，所以沒能完整呈現在書裡：那麼，我們該思考的問題是：人類究竟是什麼？為了讓人類不要成為什麼，我們又該做些什麼？被刪掉的這四句話她還記憶猶新；譯者的雙下巴、舊舊的褐色外套、蒼白泛黃的氣色她也都還清楚記得；他那摸著水杯又黑又長的指甲她也記得，就是唯獨想不起來他確切的五官長相。

她蓋上書靜靜等待，等待著窗外的景色逐漸昏暗。

她不相信人類了。不論任何表情、真相、天花亂墜的字句，都不再令她深信不疑。她領悟到，自己只能在不斷的質疑與冰冷的提問中存活下來。

那天上午，噴水池不再噴水。那些持槍的軍人在道廳圍牆前散落一地的屍體旁又拖來了一批新的屍體。他們手拉著屍體腳踝，屍體的背部和後腦勺在地上拖行，幾名軍人攤開防水布，合力抓起你的耳朵放上去，然後從道廳後院一次裝了十多具屍體提了出來。正當她邊走邊隱約瞥見這番光景時，突然有三名軍人快步走到了她的面前，用槍口頂著她的胸口。「妳從哪裡來的？」「我剛剛去看我阿姨，正準備回家。」她故作鎮定地回答，其實人中一直不自覺在抖動。

她按照那些軍人的指示，背對著廣場直直向前走，一直走到大仁市場入口處時，看見了好幾輛龐大的裝甲車轟隆轟隆行駛在大馬路上。「這是在告訴我們一切都已經結束了的意思。」瞬間，她的腦中浮現了這個念頭，「告訴我們人已經統統被他們殺光了的意思。」

她居住的區域靠近大學路附近，那天路上就像被傳染病肆虐過一樣，不見半個人影，氣氛詭譎。當她按下門鈴的那瞬間，父親飛也似的衝了出來，彷彿等待已久地趕緊帶她進門，並將大門重新深鎖。父親把她藏在閣樓裡以後，為了掩飾通往閣樓的門，把布衣櫥搬到閣樓門前遮擋。從那天下午開始便傳來軍人的腳步聲，打開拉門把某人拖出去的聲音、東西碎裂一地的聲音、苦苦哀求的聲音頻頻傳出。「沒有呢，我兒子真的沒有參加示威遊行，他也從來沒摸過任何一把槍啊。」

軍人也按了她家的門鈴，父親用宏亮的嗓音回答道：「我家女兒才高三，兒子才剛上國中和國小，怎麼可能去示威呢。」

隔天晚上，她從閣樓下來時，母親告訴她市廳的垃圾車已經將屍體載往公共墓地去了。不只是丟棄在噴水池前的屍體，擺放在尚武館的棺材與身分未明的屍體也全都載走了。

公家單位與學校都開始正常運作了，拉下鐵門的店家也都紛紛開始營業。戒嚴一直持續著，晚上七點鐘以後就禁止在外通行。就算還沒到禁止通行的時間，還是會有軍人不時走上來盤問搜查，要是有人沒隨身攜帶身分證，就會被強行逮捕。

為了彌補缺課時數，大部分學校都決定把學期延長至八月初，她一直到開始放暑假那天為止，每天都會在公車站牌旁的公共電話亭裡撥打道廳民眾服務室的電話。「我認為噴水池實在不應該噴水，拜託請把水關掉。」她冒汗的手心把電話筒弄得溼溼黏黏。「好的，我們會再討論評估。」民眾服務室的職員每次都耐心地回答她。唯有一次，回答的是一名年紀較長的女職員：「同學，別再打來了。妳是學生對吧？噴水池就是會噴水啊，我們能怎麼辦呢？妳最好忘掉這件事，好好讀書吧。」

窗外的天色逐漸昏暗，空中突然飄起了白色的東西。已經到了該起身的時間，她卻一動也不動地坐在椅子上。雪花像剛磨成的白米粉一樣輕盈柔軟，但是，她對於眼前的這番風景一點也不覺得美麗。今天是她得忘掉第六記耳光的日子，然而臉頰上的傷早已痊癒，感受不到絲毫疼痛，因此，明日也不必將第七記耳光忘掉了。忘掉第七記耳光的日子不會到來。

雪花紛飛

全場熄燈後，舞臺上的燈逐漸明亮。一名身材高眺的三十多歲女子，穿著材質粗糙的白色紗布裙站在舞臺中央。女子不發一語，轉頭看向舞臺左方，一名穿著黑色衣服的瘦高男子，背上揹著與他身形相等的骷髏朝舞臺中央走去。他赤腳踩著太空漫步緩緩移動。

女子再次不發一語地轉頭看向舞臺右方，這次出現一名個頭矮小健壯的男子，同樣穿著黑色衣服，揹著與他身形相等的骷髏朝舞臺中央走去。這兩名男子宛如慢速播放似的，緩緩從兩側踩著太空漫步走出，彷彿看不見彼此似的，在舞臺中央擦肩而過走向對側。

臺下觀眾座無虛席，不知是否因為是首演，坐在前排的觀眾大部分都是戲劇或媒體相關從業人士。她和總編一起找到座位坐下時，回頭張望了一下後方座位，看見三、四名疑似是便衣刑警的男子分散而坐。

「徐老師究竟打算如何呈現這齣舞臺劇呢？」她思索著。檢閱科刪掉的那些臺詞要是從演員的口中說出，坐在後方的那幾名男子會馬上起身嗎？會迅速衝上舞臺制伏演員嗎？如同在學生餐廳裡用椅子亂砸那名吃著咖哩飯的男同學一樣，或者像給了她七記耳光，每一記都下手重到使她脖子向後仰那樣。站在燈光室裡目睹這一切的幕後團隊最後又會有什麼下場？徐老師會不會就此遭到逮捕或者通緝，從此以後再也難見他一面呢？

舞臺上的兩名男子像是在夢中行走般緩慢而行，當他們倆都從舞臺上消失之際，女子終於開口說話了。不，應該說好像開始在說話了，也不對，女子什麼話也沒說，她只有張開嘴巴，說著脣語，沒有發出任何聲響。她可以明確讀出女子的脣語，因為是她親自將徐老師寫在稿紙上的戲劇內容打好字的，還幫忙做完三校。

在你死後，我沒能為你舉行葬禮，
導致我的人生成了一場葬禮。

女子轉身背對觀眾席，與此同時，燈光照亮了觀眾席中央的長長走道。一名體格健壯的男子穿著孝服站在走道底端。他氣喘吁吁地朝舞臺方向走去，表情和動作都與剛開場時的兩名男子截然不同。他的臉部扭曲，雙手用力朝空中舉起伸直，就像一隻口渴難耐的魚一樣張動著雙唇，感覺要提高音量的部分反而以唧——唧——的呻吟代替，她也讀出了男子的脣語。

欸，回來吧。

喂，我喊你名字呢，現在就回來吧。

別再拖了，現在就回來吧。

觀眾吃驚的喧嘩聲逐漸平息，開始變得沉默肅靜，專注地凝視著演員的嘴巴。走道上的燈暗了，站在舞臺中央的女子重新轉過身面對觀眾席，冷靜地注視著依然說著脣語、朝舞臺邊走邊招魂的孝服男子。女子再度張嘴無聲地說道：

在你死後，我沒能為你舉行葬禮，
導致我那雙看見你的眼睛成了寺院；
我那雙聽見你聲音的耳朵成了寺院；
我那顆吸著你氣息的肺也成了寺院。

女子宛如睜著眼睛做夢般，朝著空中發出唧——唧——聲。就在女子張嘴說著脣語時，穿著孝服的男子走上了舞臺，他的雙手在空中擺動著，與女子擦肩而過。

春天盛開的花朵、柳樹、雨滴和雪花，都成了寺院。
日復一日的黑夜與白天，也都成了寺院。

耀眼的燈光再次打在觀眾席上。坐在前排的她回頭一看，發現一名年約十一、二歲的小男孩已經站在走道中央。他穿著白色夏季體育服，配上白色運動鞋，懷裡緊緊抱著一顆小小的骷髏頭。正當小男孩朝舞臺方向開始走去時，一群彎著腰、像四腳獸一樣行走的演員，隨即出現在後面黑暗的走道上尾隨。這十多名演員有男有女，黑色長髮垂落在地，詭異地行走著。他們不停張動著嘴巴，搖頭晃腦地發出詭異的唧——唧——呻吟聲，每當音量變大時，就會回頭往後看，最後超越男孩率先抵達舞臺前的階梯。

回頭看著這一幕的她，嘴唇也不自覺地跟著張動著，彷彿是在模仿演員一樣，無聲地喊道：東浩！

站在一行人最後方的年輕男子，將他那彎腰弓背的身體轉向後方，一把將男孩懷裡的骷髏頭搶去。一隻隻垂落無力的手臂把骷髏頭傳向了前方，直到最前方腰彎成九十度的老婆婆拿到手後才終於停止。披著白長髮的老婆婆，摸了摸骷髏頭後便走上了舞臺。原本站在舞臺上的白衣女子與孝服男子，順勢讓出了一條道路。

此刻，唯有那名老婆婆在移動，其他人全都靜止在原地。

老婆婆的步伐緩慢而平靜，某位觀眾的咳嗽聲顯得像是從遙遠外太空傳來般，就在那瞬間，男孩開始移動了。男孩跳上舞臺，直衝到老婆婆身後，緊緊抱住那彎曲的背部，像老婆婆揹在身上的孩子一樣，像個背後靈一樣，一步一步跟在後頭。

……東浩。

她緊咬下脣，看見色彩繽紛的輓幛一口氣從舞臺天頂上垂落下來，站在舞臺下像四腳獸一樣群聚在一起的演員頓時將腰桿挺直。老婆婆停下了腳步，緊緊貼在身後的男孩則轉身面向觀眾席。為了不要馬上看見男孩的面孔，那瞬間她選擇閉上了雙眼。

在你死後，我沒能為你舉行葬禮，導致我的人生成了一場葬禮。

就在你被防水布包裹、被垃圾車載走以後，

在無法原諒的水柱從噴水池裡躍然而出之後，

到處都亮起了寺院燈火。

在春天盛開的花朵裡；在雪花裡；在日復一日的黑夜裡；在那些你用飲料空瓶插著蠟燭的火苗裡。

她沒有擦去積滿在眼眶中的熱淚，只是睜大雙眼，目不轉睛地凝視著說唇語的男孩面孔。

第四章　子彈與鮮血

（振秀的故事）

所以說，人類的本質其實是殘忍的，是嗎？

我們的經歷並不稀奇，是嗎？

我們只是活在有尊嚴的錯覺裡，

隨時都有可能變成一文不值的東西，

變成蟲子、野獸、膿瘡、屍水、肉塊，是嗎？

羞辱、迫害、謀殺，

那些都是歷史早已證明的人類本質，對吧？

間。

那是一支很普通的筆—Monami黑色圓珠筆，他們將它交錯穿插在我的手指之

當然，是穿在我的左手，因為右手還得用來寫調查書。

是的，就是那樣扭轉的，往這個方向，這樣子。

剛開始其實多少還能忍受，但是每天同樣的部位都遭受同樣的酷刑，久而久之傷口也會變深，血液夾帶著膿瘡流出，之後傷口甚至深得能見到裡面的骨頭。他們發現我這傷口已經見骨後，用沾了酒精的棉花把洞填滿。

監禁我的牢房裡關著九十多名男性，絕大部分都和我一樣，在相同位置塞著酒精棉花。由於彼此之間嚴禁交談，要是看見對方的手指間也塞著棉花，短暫四目交接後，便會立即別開視線。

我原本也以為傷口都已經見骨了，應該不會再繼續對那個部位施予嚴刑，然而事實並非如此。他們明知那是最痛的地方，卻還是將棉花取下，繼續插上那隻圓珠筆，使勁地往更深處扭轉。

鐵欄杆隔成的五間牢房連成一片扇形，持槍的軍人站在正中央監視著我們的一舉一動。剛開始被押進牢房時，沒有任何人敢出聲，就連年幼的高中生也沒開口問過一句這是什麼地方。彼此眼神不曾交會，只有沉默。我們需要一些時間讓自己接受那天凌晨發生的事情，在牢房裡那一個多小時的絕望沉默，是我們生而為人能夠堅守的僅剩尊嚴。

Monami黑色圓珠筆是每次只要走進調查室，就會備好放在桌面的第一階段嚴刑拷問。他們似乎是想要藉此告知我們，身體已經不再屬於我們自己，我們的人生也不再能按照自己的意思走，那裡唯一允許的事情只有令人發瘋的疼痛，只有足以嚇出一身屎尿的疼痛。

第一階段嚴刑拷問完畢後，他們會開始冷靜詢問，不論我怎麼回答，步槍的槍托都會朝我的臉重擊。我本能地用兩隻手臂抱緊頭部，往牆壁方向退縮。要是我倒地不起，他們就會用腳踹我的腰間與背部，直到我感覺自己快要斷氣，趕緊翻身朝上為止。接著，就會有軍靴在我的小腿脛骨上狠狠踩踩。

不過，也別以為從調查室回到牢房以後就能夠放鬆休息。牢房裡的所有人都得正襟危坐，直視正前方的鐵窗。一名下士就曾說過：「要是誰的眼珠敢亂動，我就用點燃的香菸把他眼球戳瞎。」實際上真的有一名中年男子被他們用香菸火苗蹂躪眼皮；另外有一名無意間用手指摸了一下臉頰的高中生，也遭到拳腳一陣毒打，直到他失去意識癱軟在地。

在塞滿將近一百名男性的狹小空間內，幾乎沒有任何空隙，彼此只能緊貼而坐，每個人都汗如雨下。沿著後頸緩緩流下的究竟是汗水還是小蟲，我們無從分辨，也無從確認。大汗淋漓之後雖然口渴難耐，但是一天之中能夠喝水的時間只限三次，也就是三次用餐時間。我一直深刻記得就算是尿液也想要接來喝的動物本能，深怕自己會突然想打瞌睡的焦慮，以及他們隨時都有可能用香菸戳我眼皮的那份恐懼。

我也記得飢腸轆轆的感覺，像白色吸盤一樣怎麼甩也甩不開，吸附在我闔著的眼皮、額頭、頭頂與後頸上。那些吸盤會慢慢吸走我的靈魂，直到靈魂像白色泡泡般膨脹，瀕臨破碎。那些黑暗又驚險的瞬間，至今還刻骨銘心。

監獄裡提供的三餐，每次只有一撮飯、半碗湯和泡菜，而且還得兩人一組，一起分食那盤食物。當我被安排和金振秀同一組時，說實話覺得鬆了一口氣。當時的我有如靈魂已逐漸抽離的野獸，而他看起來不像是食量大的男人。他一臉蒼白，眼周像病患一樣暗沉，面無表情地眨著那雙空洞無神的眼睛。

一個月前接獲他的訃聞時，我最先想起的就是他那雙眼睛。在混濁的豆芽湯裡挑著豆芽菜往嘴裡放，吃到一半突然停下來偷看我的那雙眼。他和我一樣早已變成一隻野獸，用那雙冰冷空洞的眼睛，默默看著正在惡狠狠盯著他咀嚼蠕動的雙唇、深怕他會把豆芽菜全吃光的我。

其實我不曉得原因。

為什麼金振秀最後會死掉，和他同組一起吃飯的我卻還活著。

是因為他遭受的痛苦比較多嗎？

不，我也和他一樣飽受折磨。

是因為他睡得比較少嗎？

不，我也一樣睡不著覺，沒有一天能安穩入眠，我想只要還留有一口氣在，日子應該會繼續這樣下去。

在您第一次打電話給我詢問關於金振秀的事情時，我就開始思考這個問題。就連和您約好要在這裡碰面時，我也思考著這個問題。日復一日，沒有一天停止思考這個問題：到底為什麼他死了，我卻還活著？

先生您曾在電話裡說過，金振秀不是第一個自殺的案例，我們之中有更多人有可能選擇這條路。

那麼您是想要來幫我的嗎？但是您要寫的那篇論文，終究是為您自己寫的不是嗎？

您說要用心理層面來剖析金振秀的死亡動機，我無法理解這是什麼意思。藉由彙整我現在告訴您的這些資訊，就可以把金振秀的死亡過程復原？或許我們倆的遭遇雷同，但絕對不可能是完全一樣的，他所經歷的那些事如果不是透過他本人親口得知，又能如何追查他的死因呢？

據我所知，金振秀是我們之中遭受更多酷刑的人，或許是因為他的外型較為陰柔的關係。

不，當時並沒有人說，是事隔十年之後才聽說的。

傳聞他們曾要他把性器官攤放在桌上，威脅說要用樹枝鞭打。他們也曾將他褲子脫光、雙手綁在身後，拖到禁閉室前的草地，讓他趴在地上。在那三小時裡，黑蟻爬滿了他的身體，咬他的胯下。他獲釋出獄之後，聽說幾乎每天都會做關於昆蟲的噩夢。

之前我們並不認識，只在作戰室看過彼此。

當年金振秀只是一名大一新生，臉上還看得見一些小汗毛。他的臉很白，睫毛又長又濃，十分引人注目。每次看他走路都感覺非常匆忙，如今回想起來，應該是因為他的四肢特別細長，所以才顯得不夠沉穩。

據我所知，他主要負責的工作包括掌握受害人數、管理遺體、採購棺材，以及用國旗舉行葬禮等。

其實我沒想到他會待到那天晚上。我認為他會是那些主張回收槍枝，在戒嚴軍進來前清空道廳、不讓任何人犧牲的學生之一。就算他留下來待到晚上，我也仍心存懷疑，感覺他就是會在凌晨十二點鐘以前自己逃跑的那種人。

我和金振秀等十二人成一小組，聚集在二樓的小會議室裡。我們抱持著這是第一次也是最後一次的心態，彼此先進行了一輪簡單的自我介紹。我們寫下簡短的遺書，附上姓名和地址，放進襯衫前的口袋裡，方便日後家屬找尋。當時我們確實還沒體悟到即將要面臨的事情，但是自從無線電裡傳來戒嚴軍已經進入市中心的訊息後，我們終於開始感到緊張。

作戰室室長把金振秀叫到走廊上的時候已經是午夜，室長請他幫忙護送所有女子離開道廳，宏亮的嗓音就連在會議室裡的我們也都能清楚聽見。我當時在心裡默默猜測，室長指定他來負責這件事情，想必是因為只有他特別纖瘦，就算最後臨陣脫逃沒再回來也毫無影響。我想起當時我看著他神情凝重帶著槍走出去，心裡是這麼想的：「是啊，你還是別回來了。」

然而出乎我的意料，不到三十分鐘他就回來了。有別於出去時緊張戒備的神色，他回來時表情已經全然放鬆。他似乎再也難敵連日累積的疲憊，瞇著雙眼將槍枝靠在一旁牆上，跑去躺在窗邊的人造皮革沙發上睡著了。我搖晃他的身體叫他醒醒，他咕噥著對我說：「不好意思，我瞇一下就好。」

奇怪的是，看著他入睡的其他人也突然像洩了氣的皮球一樣，放鬆地靠牆坐下，一個接一個開始打起瞌睡，我也只好無奈地縮起身子，坐在金振秀躺著的那張沙發旁。該如何說明眼前這番情形呢？明明是最需要打起精神不可以睡著的時候，是最需要倚賴理性冷靜的時候，我們反而陷入了眼睛、鼻子、嘴巴都毫無知覺的朦朧昏睡中。

我感覺到有人小心翼翼的開門，又再默默關上，於是趕緊睜開了眼睛。那是一名瘦弱的稚齡國中生，一頭短髮像栗蓬似的，不知何時已經倚在沙發邊上坐著。

「誰啊？」我用沙啞的嗓音問道：「你誰啊？哪裡來的？」

少年閉著眼睛回答：

「我好睏，讓我在這裡跟哥哥睡一下吧。」

原本睡死的金振秀，在聽見少年的說話聲後瞬間驚醒，迅速睜開眼睛坐起身子。

「這是怎麼回事？」他緊抓著少年的手臂逼問：「我剛不是叫你快回去嗎？你不是也答應我會離開嗎？」

金振秀的嗓門變得越來越大聲：

「你在這裡到底能幹嘛，根本連槍都不會用啊！」

少年欲言又止地說道：

「……哥，別生氣了。」

其他人紛紛被他們倆的說話聲吵醒。金振秀繼續抓著少年的手臂不放，一再重複說道：

「你給我聽好了，要是情況不對就投降，知道嗎？要記得投降，舉起雙手走出去，他們應該不會殺害舉手投降的孩子。」

❦

那年我才二十三歲，是教育大學的復學生，原本人生志願是當一名國小老師，結果分配到的任務卻是指揮小會議室組員，可見那天晚上留在道廳裡的人根本就是一群烏合之眾。

我們那組人一半以上都是未成年，一名夜間部的學生甚至不敢相信只要裝上子彈扣下扳機，就真的能發射子彈，還獨自走到道廳前的院子裡，朝一片漆黑的天空試射。也正是這些人，拒絕了指揮部說未滿二十歲的人得統統回家躲著的命令。由於他們的意志實在太堅定，我們還費了好大一番工夫才說服十七歲以下的學生回家。

我從作戰室室長那裡接獲的作戰指示，其實根本稱不上是作戰。我們估計戒嚴軍抵達道廳的時間是凌晨兩點鐘，所以凌晨一點三十分就站到了二樓走廊上待命。

每一名成人負責一扇窗，未成年者則躲在窗戶與窗戶之間伺機行動，萬一旁邊的人被槍射中倒下，就趕緊替補上陣。我不曉得其他組是接獲什麼樣的任務，也不知道他們的作戰策略是否更實際。因為打從一開始，作戰室室長就告訴我們，我們的目標是要撐下去，撐到天亮為止，撐到數十萬市民站在噴水池前為止。

雖然現在聽起來會覺得當時的我們太過天真，但是我還真的傾向相信那番話。或許我們會死，但也有可能存活下來；雖然我們可能會輸，但也許真的可以撐到最後。不只是我，大部分組員，尤其是比較年輕的組員，更懷抱著強烈希望。我們當時不知道原來指揮部的發言人前一天曾和國外記者會面，甚至說出我們一定會慘敗的消息，說我們一定會犧牲性命，但在所不惜，也毫不畏懼。如今我可以很坦白地告訴您，當時我真的沒有那種必死的決心，置生死於度外。

金振秀的想法如何我不得而知。他是明知自己會死也要重回道廳，還是像我一樣心存僥倖？我認為自己可能會死，但也說不定能存活下來，甚至守住道廳，這樣的話就可以一輩子昂首闊步，活得光彩。當時我心中充滿著這種不切實際又天真浪漫的想法。

我當時也知道軍人有著壓倒性的力量。只不過奇怪的是，我發現有另一股力量足以與他們的力量抗衡，並且強烈地主導著我。

良心。

對，就是良心。

世界上最可怕的就是它。

那天我把遭軍人射殺身亡的死者搬上手推車推向前方，和數十萬人一起站上街頭面對槍口時，突然發覺原來自己內心深處藏著一個潔淨無瑕的東西。這令我感到十分驚訝。我清楚記得再也無所畏懼的感覺，就算死也無憾的感覺，數十萬人的熱血匯集成一條巨大血管般的那種感覺。我感受到血液流淌在那條血管之中，流向全世界最大也最崇高的心臟；我感受得到脈搏心跳，甚至不諱言自己就是那一份子。

下午一點鐘左右，隨著道廳前的音響喇叭播放起國歌，軍人開槍了。站在示威隊伍中段的我奮力奔逃，世界上最大最崇高的心臟頓時被擊碎。槍聲不只從廣場傳來，高層建築的頂樓也都設有狙擊手。我丟下那些在我身旁紛紛不支倒地、停止呼吸的市民繼續奔逃，直到認為距離廣場已經夠遠時才停下腳步。

我氣喘如牛，感覺肺泡快要炸開，臉上也早已分不清是淚水還是汗水。我走到一間拉下鐵門的商店，一屁股坐在門前的階梯上，聽見幾名比我勇敢堅強的人再度聚集在路中央，討論著要去預備軍訓練所那裡偷取槍枝。「如果我們什麼都不做，他們就會把我們趕盡殺絕。我們家那一區甚至有空軍進到家裡，我嚇得每天都在枕頭下藏一把刀睡覺，這像話嗎？他們有槍欸！大白天的就可以射好幾百發子彈！」

我坐在那間商店前的階梯上不斷思考，直到他們其中一人開著自己的卡車回來。我真的會用槍嗎？真的能對一個活生生的人扣下扳機嗎？軍人持有的數千支槍可以殺死數十萬人，子彈貫穿身體後人就會應聲倒下，原本滿腔熱血的身體也會瞬間冰冷僵硬。

後來我也一起搭上那部卡車，回到市中心時已經是深夜。我們開錯兩次路，好不容易抵達預備軍訓練所，卻發現所有槍枝早已被其他人拿光，一支也不剩。那段期間，我不曉得有多少人在市區街道上犧牲了性命，只記得隔天早上醫院門前民眾大排長龍搶著要捐血，醫生和護士穿著沾有血跡的白袍焦急地穿梭在醫院內，以及婦女不斷朝我坐的卡車送上紫菜飯糰、水瓶和草莓。大家一起齊聲合唱的歌曲只有國歌與〈阿里郎〉這兩首，那瞬間我感覺彷彿所有人都奇蹟似的走出了自己的軀殼，用赤裸的肌膚靠攏彼此。世界上最大最崇高的心臟，被粉碎後鮮血直流的那顆心臟，再次重生，奮力地跳動著。

我深深著迷的正是那份感覺。先生您能體會嗎？那是種自己已經成為完全潔淨善良之存在的強烈感覺，彷彿有一顆名為良心的耀眼無瑕寶石，鑲進了我的額頭，瞬間散發出一股光輝一樣。

那天選擇留在道廳的孩子，應該也曾經歷相似的感覺，就算那顆良心寶石會換來死亡也在所不惜。然而，如今我已經不再有把握了，那些當初揹著槍蹲坐在窗下喊著肚子好餓的孩子，問我們可不可以去小會議室把剩下的蜂蜜蛋糕和芬達汽水拿來吃的孩子，是真的對死亡有所了解，才做出了那樣的選擇嗎？

當無線電那頭傳來戒嚴軍十分鐘內即將抵達道廳的消息時，金振秀背對著自己負責站守的那扇窗說道：

「我們會撐到撐不下去為止，然後結束性命，但是你們這些學生千萬不可以。」

他用彷彿自己不是二十歲，而是三十或四十歲的中年男子口吻說著：

「一定要乖乖束手就擒，要是覺得他們打算槍斃你們，務必要丟下槍枝，立刻投降，為自己找一條生路。」

接下來的事情我不想說。

沒有人有權利叫我再多想出點東西，包括先生您也是。

不，沒有開槍。

沒有殺害任何人。

當時儘管在黑暗中看見軍人走上階梯步步逼近，我們組裡沒有任何人扣下扳機，因為我們知道，一旦扣下扳機就會使人斷送性命，所以我們辦不到。等於是一群人拿著不可能使用的槍。

後來我才得知，原來那天軍人拿到的子彈總共有八十萬顆，當時那座城市的人口只有四十萬人，也就是說他們拿到的子彈數量，足以在每一位市民身上射出兩個致命的洞。我相信他們的上頭一定下了指示，萬一場面失控就可以那麼做，所以就像學生代表所說的，要是我們將槍枝堆放在道廳裡，清空道廳並撤退的話，他們很可能就會用槍口瞄準市民。因此，每當我想起那天凌晨，鮮血沿著道廳前的階梯潺潺流下的畫面，就會覺得他們是代替了許多人斷送性命，那是數千倍的死亡，數千倍的鮮血。

我瞥見那些上一秒明明還在交談，下一秒已躺臥在血泊之中的人，在我還未看清楚誰已經斷氣、誰還倖存的情況下，就被要求把頭頂在走廊上，雙手伏地趴下。我感覺到他們在我背上用簽字筆寫字。「激烈份子，持有槍枝」。我是在事後被關進尚武臺[7]拘留所時，才透過別人得知背上所寫的內容。

直到那年六月，被捕時沒有持槍的單純參與者才獲得釋放，只剩下激烈份子、

7 位於光州的韓國陸軍軍事教育及訓練機構。

持有槍枝者仍拘留在尚武臺裡。從那時起，拷問的花招開始改變，他們改用更精巧的手法施虐，也就是選擇最省力的方式進行拷問。諸如水刑、電刑、把我們像烤雞一樣吊起來等等。他們想知道的不再是當時的實際情形，而是要我們將自己的名字填入他們所編出來的劇本，也就是假自白。

金振秀和我依舊在同一組，分食著那一小撮白飯。我們暫時忘掉幾個鐘頭前在調查室裡經歷的那些事，為了不像野獸一樣為一粒米、一片泡菜爭吵，我們不斷壓抑忍耐，吃著自己該吃的一半分量。

實際上的確有人因為吃飯這件事爭吵過。那個人將餐盤啪一聲放下，大聲對同組的另一名囚犯怒吼：「我已經忍你很久了，你吃那麼多是想叫我餓死啊！」一名男孩擠到他們之間說道：「別、別這樣……」我感到十分驚訝，因為那名男孩總是十分安靜，也顯得特別畏縮。

「我、我們不是……本、本來就……做好必死的準備了嗎？」

就在那時，金振秀那雙空洞的眼睛與我四目相望。

霎時間，我明白了。我明白那些人想要的是什麼。不惜餓死我們、嚴刑拷打逼供，原來他們想要說的是：讓我們來告訴你們，當初在那裡揮舞著國旗、齊唱著國歌是多麼愚蠢的一件事；讓我們來幫你們證明，現在這骯髒發臭、傷口潰爛、像野獸一樣飢腸轆轆的身體，才是你們。

那名男孩的名字叫英載。從那天以後，金振秀時不時會呼喚男孩的名字。他每次都趁吃完飯後典獄長稍微寬容的那十幾分鐘，不停向男孩搭話。英載，你只吃那些不餓嗎？金英載，你老家在哪啊？我也是金海金氏家族欸，你是哪一派系的後代啊？別跟我說敬語喔，你不是十六歲嗎？我只多你四歲好嗎？我看起來有那麼老嗎？好吧，隨你，就叫我叔叔吧。反正論輩分你也是我姪子輩。

我在一旁聽著他們倆話家常，才知道原來這名男孩只有國小畢業，之後便在舅舅的木材工廠裡當了三年學徒，他跟隨比他大兩歲的表哥加入了市民軍，沒想到表哥在最後那天凌晨於ＹＭＣＡ前身亡，剩下他被抓來這裡關。在描述表哥遇害的過程中，他從沒流下一滴淚，反而在被問到想吃什麼時，才右手握拳搓揉著眼角，哽咽地說道：「我、我最想吃蜂……蜂蜜蛋糕，配雪……雪碧。」我看見那名男孩空著的左手也緊握著拳頭，手指間同樣夾著一塊酒精棉花。我默默地看著，視線久久無法離開。

我不停的思考。

因為想要理解。

因為無論如何，我都得理解自己經歷的那段往事。

混濁的液體、黏稠的膿瘡、酸臭的口水、血漬、眼淚與鼻涕，以及沾黏在內褲上的尿液與糞便，這些是我當時擁有的一切。不，應該說這些東西本身就是我，在這些骯髒惡臭中逐漸腐爛的肉體就是我本人。

至今我依然覺得夏天十分難熬，像蟲一樣的汗水如果緩緩地流到胸口和背部，我就會感覺自己回到當初在牢房裡有如行屍走肉的那段日子，然後深吸一口氣，咬緊牙關再深吸一大口氣。

一塊長角木斜插在我向後綁著的雙手、肩膀與腰背之間，被人使勁扭轉。拜託，住手，我錯了。在上氣不接下氣的這一秒與下一秒間，當他們用錐子插進手指甲與腳趾甲時，呼吸，屏息，吐氣。拜託，住手，我錯了。呻吟，在這一秒與下一秒間，再次慘叫。希望身體可以消失，就趁現在，拜託了，希望現在就能讓我的身體永久消失。

從夏天到秋天，在我們寫調查書的期間，尚武臺的空地上新蓋了一棟單層建築，那是軍法審判所，目的是為了要就地審判我們，不須移送到其他地方。那是氣溫驟降的十月第三週，最終調查書呈交上去後的第十天，審判開庭了。在那十天期間，我們第一次在監獄裡沒有受到任何嚴刑拷打，身上大大小小的傷口趁那段期間逐漸癒合，結成一片片黑紅色的痂。

我記得當時的審判進行了五天，每天兩次。每次開庭會進去三十人左右，聆聽審判長的宣判。由於被告人數太多，我們甚至坐到旁聽席的長椅最後一排，揹著槍的數十名軍人也整齊地坐在我們之間。

「全員低頭。」

我按照下士的命令低下頭。

「再低一點。」

我把頭縮得更低。

「審判長馬上就要進來了，誰要是敢出聲，立刻槍斃，聽見了沒有！閉上嘴巴，要一直這樣低著頭到最後。還有，最終辯論不得超過一分鐘，明白嗎！」

他們帶著整裝好的步槍，徘徊在椅子與椅子之間，把姿勢不標準的人打得頭破血流。審判庭外的草蟲在悲鳴，我穿著那天早上新領取的藍色乾淨囚衣，衣服上還聞得到洗衣精的味道，仔細想著立刻槍斃這句話。那時候真的是屏住呼吸等待即將到來的槍決，我心想，或許死亡是像新囚衣一樣冰涼的事情。如果說「活著」是剛度過的那個夏天，是布滿膿瘡、血汗交織的身體，是不論怎麼呻吟也無法度過的一秒鐘，是在充滿恥辱的飢餓感中咀嚼酸掉的豆芽菜，那麼「死亡」應該就是一種徹底的塗抹，可以將那些經歷一次全部抹去。

「審判長入場。」

書記官一喊完，前門就打開來，三名軍法官依序走了進來。頭低得不能再低的我，就在那時聽見了奇怪的聲音。大約是前面數來第二排左右，我微微抬起頭察看前方，有個人小小聲地開始哼唱起國歌第一小節。等到我們發現那個人正是年幼的英載時，已經不分先後地開始齊聲合唱。我彷彿被一股磁力牽引般，也開始跟著開口哼唱。原本低頭等死的我們，原本只是汗水、血水、膿瘡的我們，在唱國歌時出乎意料地沒有遭到制止。他們沒有對我們咆哮，沒有把我們打得頭破血流，也沒有把我們逼到牆角立刻槍斃。直到我們唱完整首國歌為止，小節與小節之間都有危險的沉默停頓，和外頭草叢裡的蟲鳴聲相互交織，繚繞在簡陋審判場裡充滿寒意的空氣之中。

我被判處九年，金振秀則是七年刑期。

但其實刑期多長並沒有什麼意義，因為到了隔年耶誕節前，軍方就把我們所有人都特赦釋放了，包括被判死刑與無期徒刑的人，等於他們自己也承認了那些罪名根本不成立。

我再次見到金振秀，是在出獄快滿兩年的時候，我與國中同學見面喝酒喝到凌晨，回家時經過了一間專賣醒酒湯的小店，透過窗戶瞥見了一名獨自坐在店內的年輕男子。一時之間我停下了腳步，因為那人緊握湯匙、宛如在寫作業般認真低頭看著湯飯的姿勢非常眼熟，彷彿碗裡有著一道不論多麼努力都難以理解的謎題。他專注地凝視著豬血湯碗底，那雙隱藏在又長又濃的睫毛底下的空洞眼神我太熟悉了。

我走進店裡，坐到了金振秀面前。他抬起頭，用毫無情感的冰冷眼神看向我。尚未酒醒的我只默默露出笑容。醉意使我多了幾分耐心靜靜等待，直到他臉上浮現如剛睡醒般迷濛的淺淺微笑。

在我們問候著近況時，彼此的眼神宛如透明觸鬚般默默伸向對方，撫慰著隱藏在面孔後方的陰影，撫慰著用對話和乾笑帶過、卻難以掩飾的痛苦痕跡。我們都沒重回學校就讀，而是靠家人維持生計。金振秀在他姊夫開的家電用品店裡幫忙，我則是在大哥開的韓食堂裡當助手，不久前才剛離職。我跟他說我打算休息到年底，等明年再加入計程車行，存點錢，哪天自己出來開個人計程車，他只淡淡地回我：

「姊夫也勸我去考個重機械操作技師執照，因為反正也進不了一般公司。不過，你是如何考到汽車駕照的？我最近看那些題庫都會覺得頭痛。其實我有很嚴重的頭痛問題，所以內容都背不太起來。有時候我在店裡結帳都覺得好難，因為只要算複雜一點的加減法，就會覺得頭痛。」

我說我也是被沒來由的牙痛搞得經常吃止痛藥。這時他再次無精打采地問道：

「那你睡得好嗎？我經常在睡不著時自己喝兩瓶燒酒，現在是來醒酒的。我要是在家裡喝酒，我姊會不高興。她是不會對我發脾氣啦，只會自己偷哭，我就是不想看她哭，所以更想喝兩杯。」

「要再來一杯嗎？」他木然地望著我問道。

「我們再喝一杯吧。」

我們一直喝到窗外的上班族立起他們的大衣衣領、踩著匆忙的腳步準備去上班。我們在冰冷的玻璃杯裡，為彼此斟滿一杯又一杯無法讓我們忘掉一切的透明烈酒，中間經歷短暫的失憶，之後則是完全失憶。我已經不記得最後是如何和他道別回家的，只依稀記得金振秀不小心打翻了酒瓶，冰冷的酒沿著桌面流下，弄溼了我的絨毛褲。他用毛衣衣袖隨意幫我擦拭，最後終於不敵醉意，額頭猛力撞向桌面。

從那之後，我們不時見面喝酒，彼此分享著自己考執照沒考過、考試沒考過、出車禍、負債、受傷或生病、遇見一名溫柔婉約的女子，以為所有痛苦都已結束，然而卻又親手葬送一切，再度回到獨自一人。我們就這樣宛如看著鏡中的自己，經歷相似的人生，度過了十年歲月。我們在日復一日的失眠與噩夢之間，在止痛劑與睡眠誘導劑之間，不再青春，也不再有人為我們擔心或流淚，就連我們自己都輕視自己。我們的身體裡有著那年夏天的調查室，有黑色 Monami 圓珠筆，有露出白骨的指頭，有含糊、哀求、乞討的熟悉嗓音。

某天，金振秀對我說：

「哥，我有真心想殺的人。」

他用那雙尚未完全酒醉的黑色深邃瞳孔凝視著我，說：

「我本來想等哪天我要死掉的時候，把那些人也一起帶上黃泉的。」

我不發一語，幫他斟滿了酒。

「但是現在已經沒這念頭了，我累了。」

「哥，」他再次喊了我一聲，低頭看了看斟滿清澈酒水的杯子，彷彿我就在那杯裡和他對話一樣。他沒有抬頭，說道：

「我們那時候舉了槍，對吧？」

我沒有點頭，也沒有回答。

「我以為那玩意兒會保護我們。」

他像是已經習慣自問自答的人似的，對著酒杯淺淺微笑。

「結果我們用都沒用過那把槍。」

去年九月凌晨，我在計程車交班後準備要回家的路上，與他不期而遇。還記得那天下著秋雨，我撐著傘，正準備轉進昏暗的巷子裡，金振秀就站在那裡等我。他穿著黑色防水連帽外套，著實嚇了我一跳，甚至心裡突然冒出一把無名火，差點就要一拳揍向他那宛如幽靈般消瘦的臉頰。不，應該說想要用手把他當時的那個表情抹去才對。

不，不是滿臉敵意的表情。

當然，他看上去確實有些疲憊，但那不足為奇，因為過去十年來他一直都看起來很疲倦。當時他的表情和平常截然不同，那是一種難以言喻的情緒，不是絕望，不是悲傷，也不是怨恨。在他那長長的睫毛下，有某個不帶任何水分的東西簌簌流著。

我先把不發一語的他帶到我的住處。

「發生了什麼事？」

我換了身衣服，開口向他問道。他把那件防水外套脫在腳邊，只穿著一件薄棉短袖T恤坐著。那個坐姿讓我想起十年前在尚武臺監獄裡的日子，於是心中再度燃起了一把無名火。他用和十年前同樣的姿勢看著我，渾身散發著汗臭味，表情混雜著令人噁心的絕望、服從與空洞，抬頭看著站在他面前的我。

「外頭雨下這麼大，你全身上下也沒酒氣，從什麼時候開始等我的？」

「昨天有一場審判。」

我趁金振秀終於肯開口說話時趕緊追問道：

上。

「審判？」

「還記得金英載嗎？那個和我們關在同一間牢房的孩子。」

我面對他席地而坐，和他一樣正襟危坐了一陣子之後，緩緩靠到了冰冷的牆

「就是我姪子輩的那個男孩。」

「嗯。」我應了一聲，不知為何突然不想再繼續聽他說下去。

「他進了精神病院。」

「是喔。」我再次回應他，並轉頭看向冰箱。冷藏櫃最下層有四瓶燒酒，像是兩天份的備用藥一樣，默默藏在那裡面。

「可能永遠都無法出來了。」

我起身走向冰箱，取出燒酒放在托盤上，再拿出兩個透明燒酒杯。我抓著瓶身準備打開瓶蓋時，累積在玻璃瓶表面的水珠沾溼了我的手掌。

「聽說他差點殺了人。」

我把小魚乾和蜜黑豆盛進小碟子裡，心裡突然閃過一個念頭，想要將燒酒倒

進製冰盒裡弄成燒酒冰塊，要是咬著骰子形狀的燒酒冰塊，不曉得會是什麼感覺。

「家裡只有這些能當下酒菜。」

他沒有理會將托盤放在他腳邊的我，反而加快了說話速度。

「公設辯護人說，他過去十年來自殘了六次，每天晚上都得把安眠藥泡進酒裡喝下肚才能入睡。」

我把金振秀的酒杯斟滿酒，但是並沒有打算和他一起喝醉、一起鋪棉被睡覺的意思。我打算叫他喝一些就好，等雨停了以後就打發他回家。我對於過去金振秀與那孩子見過多少面，那孩子日子過得好不好等等，毫無興趣也不好奇，就算他主動告訴我，我也不是很想聽。

雖然天已經快亮了，但是一直下著雨，窗外就像傍晚一樣陰暗。最後我實在忍不住，攤開了床墊和棉被躺下，語氣平平地對他說：「你也來瞇一下眼吧，感覺你都沒睡。」

他在自己的杯子裡斟滿了酒，一口乾下。我把棉被蓋到臉上、背對他躺著，他則繼續朝我緩慢地訴說那接近詭辯的胡言亂語。

所以說啊，哥，人的靈魂是不是什麼屁都不是啊？

還是說，是像玻璃那種東西？

玻璃是透明又脆弱的，那就是玻璃的本質，所以我們都得小心，否則很容易破碎，要是碎了或者裂開，就不能用了，就得丟掉了。

以前我們有著牢不可破的玻璃，我們甚至從未懷疑過那是玻璃還是什麼材質，就是個透明堅硬的真品。而我們在破碎的那一刻，展現了我們其實是有靈魂的，這也證明了過去我們的確是用玻璃做成的人。

那次是我們在他生前最後一次見面。

接獲他的訃聞是在那年冬天。那三個月他究竟過著什麼樣的日子，我無從得知。雖然中間他打過一通電話到我的辦公室，但是我當時正在忙沒有接到，後來回撥給他，他也沒有接我電話。

那年秋天時常下雨，每次只要下完一場雨，氣溫就會驟降。每到凌晨下班後，我走回我家小巷時，都會不自覺地放慢腳步，包括他死後也是。只要經過位於街角的那棟房子，尤其是下雨天，就會使我想起身穿黑色防水外套，在黑暗中像幽靈般獨自站在那裡的金振秀。

他的葬禮辦得十分簡陋。他的家人和他一樣有著深邃的雙眼皮和長長的睫毛，也都有著空洞、深不見底的眼神。他的姊姊感覺以前是個美女，她面無表情地握了握我的手。由於他們缺少幫忙抬柩的人手，所以我一起陪同到火化場。我看到他的棺材送進火化爐裡，便先行離開了。我記得那個地方沒有公車，還走了三十分鐘左右，到有公車停靠的三岔路口上等車。

我沒看過他的遺書。

這張照片真的是和遺書夾在一起的嗎？

他從來都沒跟我說過那些事。

就算我們曾經走得很近，但又能多近呢？我們彼此依靠，同時也總是想把彼此痛打一頓，想要抹去彼此，想要永遠推開彼此。

我需要對這張照片解釋什麼？

我要從何開始解釋？如何解釋？

有人被槍射中身亡，地上都是血跡。這應該是道廳前院的外國記者進去拍的吧，因為韓國記者當時是不得進入的。

應該吧，應該是從攝影集裡面剪下的，反正市面上不是出過各式各樣的攝影集嗎？

現在是要我推測金振秀死前為什麼會拿著這張照片，為什麼會夾在他的遺書裡面嗎？

我得告訴您關於這些倒臥在血泊之中的孩子的故事嗎？

您有什麼權利要求我說明？

我們按照軍人指示在二樓用頭頂地稍息，在太陽日漸東昇的時候被拖到道廳院子裡。我們的雙手綁在背後，一排人跪坐在院子中央。

一名軍官朝我們走了過來，他用腳上的軍靴依序踢我們的背，讓我們一頭栽在泥土裡，並且肆無忌憚地咆哮謾罵：「他媽的，老子可是參加過越戰的人，死在我手裡的越南共匪超過三十個，那群骯髒的赤匪！」當時，金振秀就在我旁邊，當軍官一腳踩上金振秀的背時，偏偏他的額頭就頂在一顆小石子上，因此流出了鮮血。

就在那時，五名年紀較輕的學生從二樓高舉雙手走了下來。他們正是戒嚴軍點亮照明彈開始用機關槍亂掃射時，我叫他們躲在小會議室檔案櫃裡的那四名高中生，還有在沙發上和金振秀短暫閒聊過的那名國中生。他們因為沒再聽見槍響，於是便按照金振秀千叮萬囑的方式，丟下武器下樓投降。

「這群兔崽子！」軍官的腳依然踩著金振秀的背，激動地喊道：「幹他媽的小赤匪！現在是要投降的意思？覺得就這樣死掉太可惜了，是嗎？」他的腳始終沒有從金振秀的背上離開，甚至舉起了手上的M16瞄準那群孩子。他毫不猶豫地開槍掃射那群手無寸鐵、舉手投降的孩子，我也不自覺地抬起頭望向他的臉。「我操你媽的，像不像在看電影啊！」他齜牙咧嘴地笑著對他的部下說道。

這樣說您明白了吧？這張照片裡的五名孩子會在地上躺成一排，並不是死後才將他們排成這樣的，而是當時他們乖乖按照我們的指示，舉起雙手、排成一線走過來。

有些記憶是時間治癒不了的傷痛，不會因為事隔多年而變得模糊或者遺忘，弔詭的是，時間越久反而只會剩下那些痛苦記憶，對其他回憶則逐漸麻木。世界變得越來越黑暗，就像電燈泡一顆一顆壞掉一樣。包括我自己也可能自殺，我心知肚明。

現在換我想要問先生您一個問題。

所以說，人類的本質其實是殘忍的，是嗎？我們的經歷並不稀奇，是嗎？我們只是活在有尊嚴的錯覺裡，隨時都有可能變成一文不值的東西，變成蟲子、野獸、膿瘡、屍水、肉塊，是嗎？羞辱、迫害、謀殺，那些都是歷史早已證明的人類本質，對吧？

我在一次因緣際會下，遇見一名曾經投入釜馬民主抗爭[8]的空軍部隊軍人。他聽完我的遭遇以後，向我坦承他的身分，並說其實是上頭下令鎮壓時要盡可能凶狠粗暴，還說會給殘忍施暴的軍人幾十萬韓圜的獎勵金。他說其中有一名軍人就對他說過：「這有什麼問題？你打人，人家還給你錢，沒理由不動手吧？」

我還聽說當初被派去參加越戰的韓國軍隊，把當地的女子、孩童和老人聚集

8　一九七九年十月十六日至二十日，釜山直轄市（現釜山廣域市）及鄰近的馬山市（現昌原市）的學生、市民，為反獨裁和民主化而發動的大規模示威活動。

在鄉下的村民會館裡，放火將他們統統燒死。當時就是有人在幹完這種事情之後得到了獎賞，所以那次戒嚴軍裡的某些軍人，才會帶著越戰時期的記憶來屠殺我們。就像在濟州島、關東、南京或波士尼亞等地，所有慘遭屠戮後重新開始的土地上發生的那些事一樣，同樣的殘忍彷彿是刻在基因裡的。

我沒有忘記每天與我見面的人都是人類的事實，包括現在在聽我述說這一切的先生您也是，我自己也是。

我每天都會看看我手上的疤，就是當初見骨的位置，用手摸摸那曾經不停滲出血水、腐爛化膿的地方。每次只要偶然看見平凡無奇的Monami黑色圓珠筆，就會不自覺地屏息等待，等待時間能像一攤泥濘一樣將我洗刷殆盡；等待遇見真正的死亡，把我這份日夜縈繞在心、醜陋骯髒的死亡記憶統統抹去，然後徹底放過我、讓我解脫。

我正在奮鬥，無時無刻不在與自己奮鬥，與還活著的自己、與沒死掉的羞恥感奮鬥，與我是人類的事實奮鬥，與唯有死亡才能讓我解脫的想法奮鬥。先生呢？和我同樣都是人類的您，能給我什麼樣的答覆呢？

第五章　夜空中的瞳孔

（善珠的故事）

我無法信任單純用愛來守護我們的那個存在，

就連主禱文都無法唸到最後一頁。

居然說天父會赦免我的罪，

就如同我赦免他們的罪一樣，

可惜我不赦免任何人，也不接受赦免。

月亮是夜空中的瞳孔。

聽聞此話時，妳只有十七歲。那是春夜的星期天，工會成員小聚後，大家在聖熙姊住的頂樓加蓋房外陽臺鋪著報紙圍坐，削水蜜桃吃。二十歲的聖熙姊喜歡閱讀詩集，她看著天空說道：「不覺得滿貼切的嗎？月亮是夜晚的瞳孔。」聚會中年紀最小的妳，不知為何對那句話感到莫名恐懼。在那一片漆黑的夜空中，一隻像冰塊般灰白又冰冷的瞳孔，正默默地俯視著她。姊，被妳這麼一說，月亮變得好可怕啊。所有人都被妳逗得哈哈大笑，天啊，妳真是我看過世界上最膽小的人，有人邊說邊把切好的水蜜桃塞進妳嘴裡，居然會覺得月亮很可怕。

十九點整

妳取出一根香菸叼著，點燃後深吸一口氣，慢慢潤溼乾澀的喉嚨，緩解緊繃的肌肉。

二十餘坪的二樓辦公室裡只有妳一人，窗戶都緊閉著。妳坐在電腦前，忍受著八月夜晚的熱氣與溼氣。妳剛刪掉兩封垃圾信，新收到的一封信尚未點開確認。

妳留著一頭極短的男生頭，下半身穿著牛仔褲配靛藍色運動鞋，上半身則穿著袖子長度蓋到手肘的淺灰色薄紗襯衫，襯衫背後上方已經因汗溼呈深灰色。雖然妳的穿著打扮如此中性，但因身形乾癟、鎖骨和脖子都十分纖細，所以還是給人神經質的印象。

累積在妳耳下附近頭髮的汗珠，沿著尖瘦的下巴緩緩流下，滴在襯衫的衣領上。妳用拳頭擦去人中上的汗水後，點開了最新收到的那封電子郵件。妳慢慢閱讀，看了兩次，然後移動滑鼠關掉網頁，將電腦關機。直到電腦螢幕上的藍色畫面完全消失之前，妳都不停吸著香菸。

妳把吸到只剩半根的菸擱在菸灰缸上，站起身，將出汗溼黏的拳頭塞進了牛仔褲口袋。辦公室門窗緊閉，妳呼吸著室內的熱氣朝窗戶方向走去。

妳放慢腳步，想像辦公室十分空曠，再把腳步放得更慢一些。只不過是稍微移動了一下身體，沒想到馬上就汗如雨下，全身溼透。妳的短髮上積滿了閃亮的汗珠。

妳走到窗前，停下腳步，把額頭貼在映照著自己身影的玻璃窗上，感覺冰涼又潮溼。妳俯瞰著沒有任何人行走的黑漆巷弄與灰白色路燈，然後額頭離開了玻璃，回頭看看後方掛在牆上的時鐘，半信半疑地再次看了看自己的手錶。

十九點三十分

我在聽那個聲音。

我雖然是被吵醒的，但是沒有勇氣睜開眼睛，所以只好閉著眼睛朝黑暗豎起耳朵。

悄悄地，幾乎察覺不到的腳步聲。

像是孩子在練習慢動作舞步，反覆在原地踩踏的輕盈步伐聲。

我感受到一陣胸口刺痛。

分不清是因為恐懼還是期待已久。

最後，我站起身。

我走往傳出聲響的地方，站在門前停下腳步。

黑暗中露出了一條白色溼毛巾，那是因房間乾燥而掛在門把上增加溼氣的。

聲音是從那裡傳出的。

水在那裡不停滴著，把地板軟墊弄溼了一片。

十九點四十分

妳桌上放著貼有白色標籤的三卷空白錄音帶和攜帶型錄音機。妳沾滿汗水的臉閃閃發亮，看著桌上那些東西，規律的呼吸聲像個睜眼睡覺的人一樣。

姓尹的第一次與妳連絡，是在十年前的春天，也就是妳轉來這個團體的事務局上班沒多久之後。他透過公司老闆的電話與妳連絡，並說明是從聖熙姊那裡要到妳的聯絡方式。當他向妳述說自己正在寫的論文主題，以及想從心理層面剖析那些市民軍的死因時，妳靜靜聽著他說出的人名，然後不發一語。

「讓我想想再回電給你。」

一小時後，妳回電拒絕受訪時，姓尹的表示可以理解。隔年春天，他寄了那份論文給妳，妳連一頁都沒看過。

他事隔十年再度與妳連絡，表明這次一定得見妳一面才行。妳跟他說還是通電話就好，於是他小心翼翼地問道：「當初我寄給您的論文，看過了嗎？」

妳冷漠地答道：「沒有。」

這個回答好像不在他原本的預期裡，但是他隨即又用理性冷靜的口吻繼續開口，說自己又去找了那份論文中採訪過的十名市民軍，原來在這段期間，有兩名已經自殺，現在只剩下八名。而這八名人士中有七名都已經接受過採訪，他想要將十年前發表的那份論文出版成冊，並在結尾處附上採訪內容。

「請問您在聽嗎？」他突然停下話頭，向妳確認。

「是，我在聽。」

妳按照平時接聽電話的習慣，將便條紙放在一旁，把對話中聽到的十、二、八、七等數字一一寫下。

「當時被拘捕的女性人數很多，但是很難找到證人。就算有證詞也都太簡略，痛苦的部分幾乎都省略不願多說……拜託您了，林善珠小姐，希望您可以成為這本書的第八位證人。」

這次妳沒有對他說需要一點時間考慮。

「抱歉，我不接受採訪。」

妳語氣平平地斷然回絕。

但是就在幾天後，姓尹的把攜帶型錄音機和錄音帶包好寄到了妳的辦公室，妳也將包裹裡附的一封字跡潦草的親筆信從頭到尾看完。「如果覺得不方便和我當面說，能否將證詞內容錄好再寄給我呢？」信件下方還用迴紋針別著一張他的名片。

妳把信重新裝回信封袋裡，好像從來沒有任何人拆開看過一樣，放進了置物櫃裡，並將裡頭存放已久的那份論文取出，在午休時間迅速讀了一遍。妳特別留心附錄的訪談稿，還多看了一遍。同事都已出去吃午飯的辦公室十分安靜，妳像是想要刻意隱藏自己讀過這份論文似的，趁他們用餐結束前把論文再度放回了置物櫃裡，然後悄悄鎖上。

二十點整

很奇怪吧。

明明只是再普通不過的水滴聲，卻喚醒了某人真實走來的記憶。

那年冬天清晨，在椎心刺骨的疼痛感中想起的腳步聲彷彿才是現實，毛巾滴著水弄溼地板則宛如一場夢境。

二十點十分

妳把錄音帶放進錄音機裡。

妳的名字會以匿名呈現，容易成為線索的人名或地點也同樣會以隨機的英文字母標示，錄音的優點在於不必與採訪者面對面，獨自一人就能進行，而且想洗掉重錄的話還能隨時修改，這些都是姓尹的在信中提及的論點。

但是妳始終沒有按下錄音鍵，只默默地用手指摸著攜帶型錄音機的塑膠殼，彷彿是在確認有無刮痕般，不停用指尖摸著邊角。

二十點三十分

在這間辦公室裡，妳的主要工作恰巧就是節錄影音內容。妳負責節錄懇談會與講座的錄音檔，把活動照片分類，放到紀錄室裡保管，重要的活動會用手持式攝影機錄影，之後再取需要的片段做成三、四支影片。這些都是費時費力卻無人看見的幕後工作，也是得獨立作業、按部就班、耗費長時間執行的工作。因此，妳的工作量自然比其他同事來得多。這對於早已視加班為常態的妳來說，一點也不成問題。雖然妳是按件計酬，所得也不到最低生活費的門檻，但是已經比之前待的單位好很多。

十年來，妳投入的這個團體所碰觸的資料，都是關於這些逐漸害死人的事物。半衰期特別長的放射物質、已經禁止卻仍在使用或者未來必須得禁用的添加物、會引發癌症或白血病的產業用有毒物質、農藥與化學肥料、破壞生態的土木工程等。

那個姓尹的所持有的錄音資料，應該和妳是截然不同的世界。

妳想像著素未謀面的那個姓尹的辦公室，應該會有個寬敞的辦公桌，上頭整齊排列著一卷卷錄音帶，錄音帶上貼著白色貼紙，貼紙上則寫有字跡潦草的姓名與日期，那細窄的咖啡色膠卷上，則收錄著藉由人聲述說的死亡、槍枝、刺刀、棍棒、汗水、血水、肉體、溼毛巾、胸口、鋼管的世界。

妳把攜帶型錄音機放回桌上，為了打開置物櫃而彎下腰，妳把姓尹的寫的那份論文拿出來，翻開訪談稿第一頁。

他們叫我們統統低下頭，所以卡車究竟開往哪裡，沒人知道。

我們被帶到某個人煙稀少山坡地上的一棟建築物前，所有人全都被拖下車，維持頭頂地稍息的動作。踹踢、謾罵，步槍槍托不斷朝我們身上招呼，一名身穿白色襯衫和西裝褲的中年微胖男子終於再也忍不住怒喊：「乾脆殺了我吧！」

他們上前包圍男子，開始用棍棒把他往死裡打，我們所有人都屏氣凝神，看著男子瞬間癱軟在地，一動也不動。他們用盆子裝滿了水，潑灑在男子血跡斑斑的臉上，然後按下快門拍照。男子當時半張著雙眼，淡淡的血水流下了臉頰與下巴。

我們在那個看似普通禮堂的建築物前待了四天，那段期間類似的事情不斷上演。他們白天在市中心裡鎮壓示威群眾，晚上則喝得爛醉來找我們，只要頭頂地稍息動作做得不標準的人，就難逃他們的凌虐。那些遭到一陣暴打後昏厥的人，像皮球一樣被踢到空地角落。他們還會一把抓起那個人的頭髮，拖著後腦勺去撞牆。要是被他們整到斷氣，就會在死者臉上潑水然後拍照，最後再用擔架搬走。

我每晚都在祈禱，雖然從來沒去過廟宇和教會，但是我全心全意向上蒼祈禱，拜託讓我能夠脫離這生不如死的人間煉獄。神奇的是祈禱真的靈驗了，一起被監禁的兩百多名民眾，將近一半的人突然獲得釋放，包括我在內。我後來才知道原來是因為有新組成的市民軍，軍人決定先戰略性撤退，為了減輕挾持多名民眾的負擔，才隨機釋放了部分的人。

我們再度被拖上卡車開下山坡時，他們一樣規定我們不准抬頭。當時的我還年幼無知，實在按捺不住內心的好奇，於是將頭微微轉向了一側趁機偷看。我剛好跪坐在卡車的最角落，所以光是將頭稍微轉向就能夠清楚看見外面的景致。

啊，我萬萬沒想到原來那裡就是J大學。

每到週末就會和朋友一起去踢足球的那個運動場，後方山坡地上有一座新建的禮堂，原來我就是被囚禁在那裡四天。軍人占領的校園內空無一人，卡車沿著一條像墓地一樣寂靜明亮的道路行駛，我看見兩名女大學生像是睡著般躺在草地上，她們穿著牛仔褲，胸前蓋著一張黃色布條，上頭寫著「解除戒嚴」四個粗大的黑字。

不曉得為什麼，只是無意間短暫瞥見的女大生臉龐，竟然可以那麼清晰地烙印在我腦海裡。

每當我不小心睡著，還有從睡夢中驚醒時，她們的面孔、蒼白的皮膚、緊閉的雙唇、蓋著布條平躺的身軀，都宛然在目。就像那個臉頰與下巴流下淡淡血水、眼睛半張的男子臉龐　　這些景象一起深深鑲在我的眼皮內側，想擦也擦不掉。

二十一點整

妳的夢境與上述這名證人截然不同。

如果是慘不忍睹的屍體，妳接觸得比誰都多，但是在過去這二十幾年來，真正夢到血流成河的畫面只有三、四次，屈指可數。妳反而經常做冰冷寂寥的噩夢，所有血跡消失得無影無蹤，那是白骨也全被風化後的某個場所，與剛才妳把額頭貼在玻璃上望出去的那番街景極為相似。

路燈燈罩的外圍一片漆黑，裡面則像水銀似的呈灰白色。妳獨自一人站在那座路燈下，只有燈光照射的範圍內是安全的。黑暗中不曉得有什麼東西正對妳虎視眈眈，但是無所謂，因為妳不會離開那個圓形燈照區。妳在冰冷緊張的氛圍中靜靜等待，等待太陽升起，圓圈外的黑暗消失不見，所以不能突然失去重心站不穩，也不能移動腳步或失足踩空。

然而，妳睜開眼睛時卻還是深夜時分。妳從鐵床上起身，打開了床頭上的桌燈。今年妳已經滿四十三歲，與男人同居的經驗只有一次，時間不超過一年。

妳的身邊沒有任何人，所以妳往大門方向走去，毫無顧忌地打開了所有日光燈，就連廁所、廚房、玄關的燈也全部打開，再用微微顫抖的手倒了一杯冰開水，一口接一口吞下。

二十一點二十分

妳聽見有人在轉動出入口大門的把手，於是趕緊起身彎腰將論文放回置物櫃裡，然後大聲問道：「誰？」

妳把門鎖上了。

「我是朴英豪。」

妳走到玄關，打開大門的那一瞬間，兩人異口同聲道：「怎麼這時間還在這裡？」然後同時噗哧一笑。

你們嘴角還留有笑意，用疑惑的眼神看著彼此，隨即朴組長便往辦公室裡面望去。他是個個頭矮小、身材微胖的男子，總是在意自己稀疏的髮量而刻意將劉海向前梳。

「我星期一要去核電廠，有些資料忘了拿。」

朴組長走到自己的座位去，放下背包打開電腦，像臨時到別人家登門拜訪般開始解釋著。

「因為明天我有私事要去一趟鄉下，所以想說最好還是先來把資料帶妥再出發。」

他的嗓音突然變得異常歡快起來。

「不過我有點訝異……我以為應該不會有人在才對，結果燈卻是亮著的。」

他突然尷尬地打住了話頭。

「話說回來，這裡怎麼這麼熱啊？」

他大步走去將窗戶打開，又打開掛在辦公室牆上的兩臺電風扇。他背對著熱風徐徐吹來的窗戶，邊走回來邊搖著頭說：「哇，這裡簡直就是汗蒸幕嘛……」

二十一點五十分

妳是這個團體所有工作人員中年紀最大的，基本上所有晚輩都覺得妳難以親近，因為妳總是埋首工作，不常與人交談。對那些稱呼妳為老師、相敬如賓的同事，妳也總是以敬語應對。他們需要資料時會詢問妳：「不好意思，我想要找某年某研討會的資料，已經找過檔案室卻只看到廣告文宣，是否有刊登研討會發表文的手冊呢？」

妳一邊回想著回答道：「準備那場研討會時因為時間不足，所以我們沒有印製手冊就直接進行了，至於發表內容我們現場有錄音存檔，但是因為從那之後就再也沒使用，所以只以檔案的形式儲存。」朴組長曾經開玩笑地對妳說過，林老師根本就是個會走動的搜尋引擎。

朴組長站在辦公室中央的印表機前，等待文件列印出來。他用銳利的眼神看著妳的辦公桌面，鋪了好幾張溼衛生紙的煙灰缸、幾根菸蒂、裝咖啡的馬克杯、攜帶型錄音機與錄音帶。

當他四處掃視的眼神剛好與妳交會時，他禮貌性地解釋道：「林老師真的很熱愛工作呢。」

「我的意思是，」他試圖要換個說法，「要是我繼續做這份工作做到白髮蒼蒼，林老師應該會是我的榜樣、模範……類似這樣的意思。」

妳可以理解他的話中有話：妳領的酬勞那麼微薄，相較於薪資工時過長也不規律，而且妳那纖細的手背還浮現許多青筋。在雷射印表機一直發出低沉機械音，吐出列印文件的時候，他暫時閉上了嘴巴。

「其實很多人都對您感到十分好奇，」他再度用爽朗的口氣向妳搭話，「畢竟大家都沒什麼機會和您聊天……您也都不來參加聚餐，實在沒辦法多認識您一些。」

朴組長把印出來的紙張用釘書機釘起來後，走到自己的座位上。他站著移動滑鼠再度點開其他檔案列印，並重回印表機前等待。

「我聽說您和勞團運動的金聖熙老師很要好，之前是在那裡負責處理職災工作，後來才來我們這裡的。」

「與其說是很要好……」妳審慎思考後回答，「應該說是她長期以來幫了我不少。」

「我們畢竟是不同世代的人，金聖熙老師對我來說就是個傳奇人物，我只聽過關於她的傳說。在改革迫在眉睫的維新體制[9]末期，她不是在汝夷島的復活節彌撒上跳上了桌子嗎？當時現場有數十萬名信眾呢！幾名二十歲出頭的女工搶下了當時正在直播的CBS電視臺麥克風，然後高喊著：『我們是人！保障勞工三權！』最後被人拖下臺。」

他認真地問道：「林老師也參與了那次事件嗎？」

妳搖了搖頭。「當時我不在首爾。」

「啊，我聽說您曾坐過牢……我以為是那件事的關係，同事也都以為是因為那件事情。」

9 在韓國第四共和國（1972-1980）憲法之下，總統朴正熙以緊急狀態為名實行的獨裁政治，並頒布宵禁直接影響國民生活。

潮溼悶熱的風從黑暗的窗外吹來，妳突然覺得那股風彷彿是某人長嘆的一口氣。夜晚宛如某種巨大生物，正張嘴吐著潮溼的氣息，並將密閉在辦公室裡的熱空氣統統吸進黑暗的肺裡。

妳突然感到一陣疲憊，於是低下頭，視線暫時停留在咖啡杯底的紅褐色沉澱物。一如往常，妳只要想不到如何回答就會抬起頭微笑，嘴角擠出好幾條細紋。

二十二點三十分

聖熙姊和我不同，

她信神也信人。

她從來沒能說服我，

我無法信任單純用愛來守護我們的那個存在，

就連主禱文都無法唸到最後一頁。

居然說天父會赦免我的罪，就如同我赦免他們的罪一樣，可惜我不赦免任何人，也不接受赦免。

二十二點四十分

妳站在燈光昏暗的公車站牌前。

妳肩上揹著沉甸甸的後背包，裡頭裝了本子、書籍、書寫文具、盥洗用品、兩百五十毫升礦泉水瓶、攜帶型錄音機與錄音帶。

那是個人煙稀少的公車站牌，公車行駛的都是新路線，當那些公車一輛接一輛抵達，把所有乘客統統都載走以後，只剩下妳獨自一人。妳默默注視著路燈沒有照射到的那條漆黑人行道。

妳背對著公車站牌，直直向前走。妳把兩隻手插進壓在肩膀上的包包背帶，感受著溫熱的夏夜暖風，緩緩地走著。妳從右走到左，再從左走到右，甚至走到人行道與車道的分界線再走回頭。

朴組長備妥資料準備離開辦公室時，妳也剛好揹著後背包走了出去。你們倆維持著斷斷續續的對話走到這裡，妳目送他搭上公車離去。他坐在車上一臉尷尬地向妳點頭道別，妳也同樣點頭示意。

妳思考著：「要是他沒有突然出現在辦公室，我會錄音嗎？」

「我會鼓起勇氣按下錄音鍵嗎？」

把那些沉默、乾咳、猶豫，以及生硬或軟弱的單字拼湊起來，最後會完成一段什麼樣的內容呢？

正因為妳認為辦得到，所以今天就算是光復節連休假期也進了辦公室，甚至想著要是得花太長時間，乾脆熬夜進行，還未雨綢繆地準備了盥洗用品。

但是真的能辦到嗎？

要是現在回到空間更狹窄、空氣更悶熱的家，取出錄音機與錄音帶放在餐桌上，還能重新開始錄音嗎？

二十二點五十分

上星期一，在妳輾轉得知聖熙姊的消息之後，馬上就打了通電話給她。她沒有接聽，妳每隔一小時鍥而不捨地打電話給她，直到撥到第四通，她才終於接聽。十年來的第一通電話，妳們沒有多聊，對話十分簡短。她的嗓音因為接受放射線治療而變調了，妳屏住呼吸仔細聆聽。

「好久不見，」聖熙姊用低沉沙啞的嗓音說道，「我一直都想知道妳過得好不好。」

妳始終沒有說要去醫院看她，所以她也沒有機會對妳說不用那麼麻煩特地來看我。隔天，姓尹的突然又寄了一個包裹到妳的辦公室，雖然這兩件事情毫無關聯，對妳來說卻都是難以承受的煎熬，偏偏又像鐵絲打結般糾纏在一起，於是妳思考著原因究竟是什麼。

錄音、和聖熙姊見面。

見聖熙姊前先搞定錄音。

二十三點整

忍耐是妳最擅長的事情。

距離國中畢業只剩下一學期時，妳開始在外工作。如果扣掉在牢裡的那一年多時間，妳其實從來沒有間斷過工作。不論任何時候，妳都表現得誠實又寡言。工作讓妳得以遺世獨立，只要能夠在工作、小憩與睡眠這規律的步調中自己把日子過好，就不必擔心那明亮圓圈外的黑暗。

但是一直到二十歲以前，妳從事的工作內容都不盡相同。

妳一天工作十五小時，一個月只休兩天，薪水卻只有男性員工的一半。沒有任何加班費，一天就算吞兩粒提神丸還是會打瞌睡。要是不小心站著睡著，作業班長就會對妳咆哮謾罵，或者一巴掌朝妳臉打過去。小腿與腳背從下午就開始腫脹。警衛深怕有東西被偷而搜查女工身體。那些手摸到內衣邊緣處會刻意放慢速度。羞辱、咳嗽、經常性的流鼻血、頭痛。吐痰時還會一併吐出黑線頭。

「我們是高貴的。」

聖熙姊經常這麼說。她每到星期天就會去清溪被服勞組[10]辦公室裡聽勞動法講座，將自己所學的知識整理成密密麻麻的筆記，在小團體聚會時轉述。妳聽聖熙姊說只是大家一起學學漢字，於是便不疑有他地加入了那個團體。實際上那些姊姊也確實是一聚在一起就開始練習漢字。「至少要知道一千八百個漢字才能讀得

10 韓國第一個不受資方掌控的獨立工會組織，以裁縫師全泰壹用汽油自焚、抗議勞工被長期剝削的事件為契機，於一九七〇年十一月二十七日正式組成。

了報紙啊。」等每個人在自己的筆記本上寫下三十個漢字並記熟以後，聖熙姊就會開始進行語焉不詳的勞動法說明。「所以說呢……我們是高貴的。」每次只要她記不清楚或者詞窮時，就會用這句話來填補空洞。「根據憲法，我們和所有人一樣高貴，而且根據勞動法規定，我們有正當的權利，」她的聲音宛如國小老師般親切溫柔，「有人甚至為了這項法規犧牲了性命。」

那天，那些人以明顯票數贏過資方御用勞團，最後成功當選勞團幹部，卻被糾察隊與警察拖走。原本從宿舍走出來要交接上工的數百名女工圍成了一道人牆，大部分都是十幾歲的女孩，年紀最大的也不過二十出頭。當時她們沒有口號也沒有齊聲高唱的歌曲。妳看見手持木棍的糾察隊衝向喊著「不要抓走他們，不可以抓走他們」的女工，也看見一百多名頭戴鋼盔、手拿盾牌的武裝鎮暴警察，和每扇車窗都被鐵網包覆的鎮暴巴士。妳忽然閃過一個念頭：為什麼要全副武裝？我們手無寸鐵，也不會打仗啊。

就在那時，聖熙姊大喊道：「脫下衣服，我們一起脫下衣服吧！」

不知誰先起頭的，後來大家開始相繼脫去衣物，一邊高喊著「別抓走他們」，一邊揮舞著脫下的襯衫和裙子。因為她們相信那些人不敢隨便碰她們裸露的身體，那是最寶貴甚至神聖的處女身體。然而，萬萬沒想到那群人竟然將只穿著內衣褲的女子拖到了泥地上。她們背部和腰部的肌膚被泥沙擦傷，流出了鮮血，頭髮被扯得一團亂，內衣褲也被撕毀。「不行，不可以抓走他們！」就在一片淒厲哭喊的尖叫聲中，他們用棍棒和角木毆打數十名勞團成員，並闖進宛如鳥籠的鎮暴巴士裡。

當時只有十八歲的妳，是最後一個被帶走的。妳在泥地裡失足滑倒，趕時間的便服刑警踹了妳腰腹一腳後便揚長而去。妳趴躺在泥地裡，意識模糊地醒了過來，那些女子清脆響亮的高喊聲忽遠忽近。

妳被緊急帶去急診室後，診斷出腸道破裂了，住院期間還接到了解雇通知。出院後，妳沒有繼續跟那些姊姊一起投身復職抗爭，而是選擇返鄉調養身體。休息了一段時間以後，妳回到仁川，去其他家紡織廠工作，但是才做不到一個星期就被老闆解雇了，原來是因為妳的名字在勞工黑名單內。最終，妳放棄了兩年多的紡織工經歷，透過親戚的引介，到光州忠壯路的一間西服店擔任裁縫助理，雖然酬勞待遇比女工時期更差，但是每次只要想撒手不幹時，就會想起聖熙姊的嗓音，所以說呢……因為我們是高貴的。每次妳只要想起這句話，就會寫信給她。姊，我過得很好，雖然我覺得要成為一名裁縫師很難，與其說是技術難，不如說問題在於他們不肯教我，不過能怎麼辦呢，只能耐心地學習吧。信中的「技術」、「耐心」等單字，是按照團體小聚時所學的漢字工整寫下。只要將信寄到聖熙姊常走訪的產業傳教會，偶爾就會收到她的簡短回信。是啊，妳不論在哪裡做什麼事，一定都會做得很好的。就這樣過了一兩年時間，彼此便斷了聯繫。

妳靠著好不容易學會的技術，三年內就當上裁縫師，當時年僅二十一歲。該年秋天，比妳年幼的女工到在野黨黨部進行示威靜坐，結果遇害。官方說法是她用汽水玻璃瓶碎片割腕自殘，然後再從三樓一躍而下，但是妳根本不相信。妳知道必須仔細留意宛如拼圖般重新拼湊過的報章雜誌照片、經過檢閱刪除的那些文句空欄，以及慷慨激昂的社論黑暗面。

妳從沒忘記那名踹妳腰腹一腳的便衣刑警長相。妳也沒忘記過中央情報部親自教育並支援糾察隊的事實。妳清楚知道緊急措施九號[11]的涵義，也可以理解那些人在大學正門口手勾手呼喊的口號。而為了弄清楚接下來在釜山和馬山發生的事情，妳拼湊著報紙裡的線索，分析著破碎的電話亭、焚燒的派出所，與展開丟石戰的憤怒民眾，還有只能透過想像推測文句空欄的一則則新聞稿。

當總統在十月驟逝，妳問自己：如今暴力的始作俑者已經消失，他們是否不會再將那些脫去衣物、哭天喊地的女工拖走？是否不會再踹跌倒在地的女子腹部，使其腸道破裂？妳從報紙上得知，過去深受朴總統信賴的年輕將領正率領裝甲車駛進首爾，接下來很快就要兼任中央情報部長。妳不禁感到一陣毛骨悚然，感覺即將會有可怕的事情發生。「林小姐那麼喜歡看報紙啊？」中年裁縫師總是喜歡調侃妳，「年輕真好啊，那麼小的字不用戴眼鏡就能看見。」

然後妳看見了那輛公車。

11 一九七二年韓國憲法修改後出現的條例，是總統可以緊急下令的特別措施，毋須經過國會同意，可以擅自停止國民基本權，也可更改政府與法院的權限。一九七五年五月十三日開始施行緊急措施第九號，限制各種集會遊行、示威抗議、報導言論等。

就在西服店老闆要帶著大學生兒子回靈岩郡弟弟家的那天，突然沒事做的妳，在陽光燦爛的春日白天，悠悠哉哉地走上了街道。就在那時，一輛市內公車映入了妳的眼簾。懸掛在車窗下的長長白色布條上頭，用藍色馬克筆寫著：「解除戒嚴、保障勞工三權」這幾個字。穿著工作服的數十名全南紡織女工占據了那輛公車，那些女孩臉色蒼白，宛如沒晒過太陽的菇類，手拿樹枝伸出車窗外，拍打著車體齊聲歌唱著。那是妳記憶中的清脆嗓音，很像鳥兒或幼小的野獸同時發出的聲響。

我們都是正義派，好耶，好耶
我們一起同生共死，好耶，好耶
寧願站著死，也不願跪著活
我們都是正義派

伴著那首記憶猶新的歌曲，妳失了魂地沿著那輛公車消失的方向走去。數十萬名民眾紛紛走上街頭，往廣場方向走去。妳沒有看見那些從春天就手勾著手整天集體行動的大學生，只有老人、小學生、穿著工作制服的男女工人、打著領帶的年輕男子、穿著套裝腳踩高跟鞋的年輕女子，以及手拿長傘來充當武器、身穿新村外套[12]的大叔。在這些群眾的隊伍前，還有一輛手推車，載著兩具在車站前被射死的男子遺體，一起往廣場走去。

二十三點五十分

妳走上了一條陡峭的階梯，從地鐵車站出來。原本被車廂內的冷氣吹乾的肌膚，一走出來後又再度被溼氣包覆。了不起的熱浪，都已經接近午夜時間了還威力不減。

12 一九七〇年代是朴正熙總統推動新村運動的時代，旨在促使南韓國內農村與城市的距離拉近，當時參與運動的人都有這件綠色外套制服。

妳看見出口處豎立的醫院公告，停下了腳步，再確認了一下只有平日行駛的接駁車時間表，然後將手插進背包的背帶與肩膀之間，呼吸著溼熱的空氣走上山坡，並且伸出手擦去脖子上的斗大汗珠。

妳經過一間被人用白色噴漆塗鴉的商店，再經過一群坐在二十四小時營業的便利商店前喝著啤酒的少年。妳抬頭看了看矗立在山坡最頂端的大學醫院，聽著齊聲高歌的清亮嗓音從那遙遠的公車處傳到這片漆黑夜晚，寧願站著死，也不願跪著活……讓我們為先走一步的那些人默念，跟著他們奮鬥到底，因為……我們是高貴的。

零點十分

一走進醫院正門口，黑暗的山坡路分成兩條蜿蜒延伸而去，一條被路燈照亮的道路通往殯儀館，另一條則通往醫院本館及別館。妳經過擺滿花圈的殯儀館玄關，看見一群身穿白色襯衫，手臂上別著黃色腕章的青年正在吸菸。

雖然夜已深，但妳一點也不覺得睏。雖然背包很重，汗流浹背，但妳覺得無所謂。妳不停行走，想起那些比清醒時還要鮮明的夢境。

妳身穿數百條鐵片堆疊成的厚重盔甲衣，從高樓陽臺上一躍而下，沒想到頭頂直直落地卻還奇蹟似的活著。於是妳再次走上逃生梯爬到陽臺，毫不遲疑地一躍而下，結果依然沒死，只好再爬一次逃生梯，讓自己再跳一次。

都從那麼高的地方墜落了，穿盔甲衣還有什麼用呢。妳揭開一層夢境走出來問自己，接著又陷入另外一層夢境裡。巨大的冰河壓著妳的身體，妳的實體開始破碎。妳心想：要是能流到冰河下方該有多好，不論變成海水、石油還是熔岩都好，一定得變成某種液體從這重量下脫逃，只有這條路了。揭開這層夢境走出來後，還有最後一個夢境在等著妳，妳在灰白色路燈下一動也不動地站著，雙眼緊盯黑暗處。

愈接近甦醒，夢境的殘忍度就會降低，睡眠也會變得愈來愈淺，變得像習字紙一樣薄，最終伴隨著沙沙聲響醒來。腦海中的真實記憶在床頭邊默默等待妳完全清醒，提醒著妳這些噩夢其實根本算不上什麼。

零點二十分

妳曾經問自己到底有什麼問題，一切不是都事過境遷了嗎？那些有百分之一、千分之一的可能會帶給妳痛苦的人，妳不是已經統統都事先拒於千里之外了嗎？

妳還記得自己咬牙切齒地問聖熙姊：「姊有什麼權利把我的事情講給別人聽？」那時她用冷靜的口吻回問妳：「這是那麼困難的事情嗎？」過去十年來，妳從未原諒過她回話時那泰然自若的神情。「要是我，不會像妳一樣躲起來，」她清楚地說道，「我不會讓自己的餘生浪費在保護自己這種事上。」

妳還記得與妳結褵八個月的男子的柔和嗓音，他對妳說的第一句話是：「妳的眼睛好小好漂亮。」接著又說：「如果要描繪出妳的臉，我看只要畫幾筆線條就能搞定，在白紙上畫下長長的眼睛、鼻子還有嘴巴。」妳還記得他那雙像小牛般水汪汪的眼睛，扭著嘴脣的樣子，以及眼白部分布滿血絲望著妳的那一瞬間。

「別這樣，」他經常對妳說，「別用那可怕的眼神看我。」

妳想起剛剛在辦公室裡，姓尹的寄來的那封信，那封以「我並非在催您」開頭的催促信件。「我認為不能將那次的暴力經驗，侷限在短短十天的抗爭期間，就像車諾比核災事故不是結束了，而是延續了好幾十年的事情一樣，只要您許可，十年後我也會再次提筆，寫下這起事件的後續論文。拜託您幫幫我吧，煩請您重新回想一下當時的記憶，協助我把相關證詞補齊吧。」

零點三十分

設有住院病房的本館大廳燈全是暗的，只有別館側方的急診室入口亮著，一輛閃爍著紅色警示燈、後車廂敞開的地方醫院救護車停在那裡，似乎才剛把一名需要急救的患者移送來此。

妳穿過敞開的玄關走進急診室走廊，聽著呻吟、焦急的嗓音，用力吸著某些東西的醫療器材機械聲，搬運病床的輪胎吱吱聲。妳坐在出納窗口前好幾排沒有椅背的椅子上，窗口的中年阿姨向妳問道：「要辦什麼業務？」

「……我是來找人的。」

妳沒有說實話。妳沒有要見任何人，就算到了白天開放會面的時段，妳也沒有把握聖熙姊會願意見妳。

穿著登山服的中年男子在同伴的攙扶下走了進來，從他手臂上那片粗糙的固定木板來看，應該是在夜間登山的過程中意外受了傷。「沒事了，我們到醫院了。」肩上揹著兩袋登山背包的同伴不停安慰著受傷的男子。妳看著他們倆扭曲的臉呈現相似表情，於是再仔細一看，似乎不是同伴而是兄弟，兩人的五官非常像。「再忍耐一下，醫生馬上就過來。」

醫生馬上就過來。

妳聽著他不斷重複叨唸著這句宛如咒語般的句子，靜靜坐在最角落的椅子上，想起很久以前曾經對妳說過想成為醫生的那名女孩。

當初聖熙姊提議不妨納入新成員時，妳也問過那名女孩願不願意加入。她和妳一樣都在國中畢業前就隱瞞真實年齡進入工廠工作，個頭矮小、笑容迷人的她當時婉拒了妳的邀約。「我沒辦法積極參與團體活動，因為我需要賺弟弟的學費，總有一天我自己也得復學，所以不能沒有這份薪水。我想成為一名醫生。」

就在妳因為腸道破裂而住院休養時，一名原本在明洞教堂靜坐示威的同伴前來探望妳，對妳說道：「……正美把我們散落一地的鞋子統統撿回了工會辦公室，小丫頭哭得可慘了。」

為了避免被強行帶走而使勁掙扎的過程中，鞋子一定散落四處了。年僅十六歲的正美，根本還沒搞清楚究竟是什麼原因害她哭得那麼慘，只知道要將那些鞋子緊摟在懷中，往空無一人的那間二樓工會辦公室走去。

那天下午，妳仔細觀察了一番前來巡房的醫生、住院醫師和實習醫師。「那丫頭應該無法成為醫師，」妳當時心想，「供弟弟到大學畢業她應該也二十五歲了，就算從那時開始準備國中檢定考試也……不對，她應該在工廠裡也撐不到那時候。」她經常流鼻血、咳得很厲害，用那雙發育尚未完全、像白玉小蘿蔔一樣的小腿穿梭在紡織機之間，偶爾還會倚靠在柱子上不小心睡著。

「怎麼這麼大聲？我什麼話也聽不見。」還記得第一天上班學習工作內容時，她被紡織機的噪音分貝嚇得一愣一愣，滿臉驚恐地睜大眼睛向妳喊道。

兩點整

妳站在醫院廁所裡喝著礦泉水，那裡的漂白水氣味特別濃。妳轉開洗手臺的水龍頭洗臉，然後刷牙刷了好長一段時間。妳用廁所裡配置的肥皂洗頭髮，洗完再用手帕擦乾水分，就像十多年前隨著聖熙姊在現場進行長期靜坐示威時一樣，最後則從口袋裡掏出乳液試用瓶，往蒼白的臉上隨意塗抹。

上星期一與聖熙姊通電話時，電話那頭傳來的嗓音已經與以往大不相同，所以瞬間妳有點想不太起來聖熙姊的長相。一直到掛上電話後，妳才想起她那雙明亮聰慧的眼睛，以及微笑時會露出的粉紅色牙齦。都過了十年歲月，她一定也長得和以前不一樣了，應該變老了，變瘦了，現在應該是在熟睡中，發出低沉的呼吸聲，野獸般的打鼾聲應該也會伴隨著呼吸陣陣傳出。

當年才二十幾歲的聖熙姊，一直都借住在一間兩層樓房的閣樓，一住就是好幾年，那地方是外國牧師傳教用的，連警察都無法擅自闖入。某個冬末的夜晚，妳厚著臉皮睡在她那裡。沒想到長相清秀有如國小老師的她，竟打了一整晚與形象不符的鼾聲。妳不論面朝牆壁或者把充滿樟腦丸味道的棉被蓋到頭頂，都無法擺脫那個鼾聲。

兩點五十分

妳把背包緊抱在懷中，蹲坐在水泥牆與收納窗口前的長椅中間，一個不留神就進入了夢鄉。每當睡眠逐漸變淺時，姓尹的來信裡反覆出現的單字——證詞、意義、記憶、為了未來，就會像滑鼠游標一樣不斷在黑暗中閃爍。

妳睜開眼睛，一臉倦容地望向燈光昏暗的走廊和漆黑的急診室玻璃門外。當睡意像潮水般退去，痛苦的輪廓逐漸清晰，比任何噩夢都還要冰冷的瞬間再度席捲而來。妳再次認清自己經歷過的那一切並非一場夢，而是真實。

姓尹的叫妳努力喚醒記憶，叫妳勇敢面對並提供證詞。

然而，這件事情談何容易？

有人拿一把三十公分的木尺不停往妳的子宮裡來回鑽數十次，說得出口嗎？有人用步槍的槍托肆意妄為地撐開妳的子宮入口，說得出口嗎？他們將下半身一直血流不止導致昏厥的妳，帶去國軍總醫院接受輸血，說得出口嗎？下體出血持續了兩年時間，血凝塊堵塞輸卵管使醫生宣告妳終身不孕，說得出口嗎？妳已經再也難以和其他人——尤其是和男人有所接觸，說得出口嗎？包括簡單的親吻、撫摸臉龐，甚至是夏天露出手臂和小腿時，他人停留在妳身上的視線，都會使妳感到痛苦難耐，說得出口嗎？妳開始厭惡自己的身體，摧毀所有的溫暖與愛意並逃離這些，把自己封閉起來，說得出口嗎？妳逃到更冷、更安全的地方，只為了存活下去。

三點整

從妳坐著的位置只能窺見急診室內部一角，那裡依然像白天一樣燈火通明。妳聽見有人正在呻吟，分不清是小孩子還是年輕女子，隨即有感覺是家屬的中年男女逐漸扯高嗓音。妳看見焦急奔跑的護士側面身影。

妳起身揹起背包走到玄關外，看見引擎已經熄火的兩輛救護車停在燈下明亮處，宛如蜷曲著身子在取暖。風已不再溼熱，終於有點轉涼了。

妳沿著荒無人煙的柏油路走下去，然後踩上了一片寫有禁止進入標示的草坪，從對角線跨越，朝醫院本館方向走去。妳穿著短襪，帶有溼氣的雜草弄溼了妳的腳踝。妳深吸一口即將落雨前的泥土味，驀然想起躺在草地中央蓋著布條的兩名女大學生，腦中浮現蓬頭垢面的她們掀開布條站起身，從草地裡步伐輕盈地走出來。妳口渴難耐，明明一小時前才刷過牙，舌根處卻還是感到陣陣苦澀，跨出的步伐也像是踩在碎玻璃上，而不是草地或泥土。

三點二十分

自從那個晚上以後，我就不再將溼毛巾掛在門把上了。

但是直到那年冬天過去，再也不需要溼毛巾的春天來臨，那聲音還是不斷從門把處傳來。

我偶爾還是會聽見那聲音，就在要從僥倖沒做噩夢的睡眠中甦醒時。

每次只要聽見那個聲響，我就會面朝那片漆黑睜開顫抖的眼皮。

是誰？

來者是誰？

到底是誰用如此輕盈的腳步走來？

三點三十分

所有建築的鐵門都拉了下來。

窗戶也全都遮蔽上鎖。

在那條漆黑道路上，十七日的圓月如冰冷的瞳孔，俯視著妳所乘坐的那輛小型卡車。

大部分的廣播都是由女大生進行，當她們嗓子已經完全沙啞、體力透支時，妳握住了擴音器長達四十分鐘。「拜託把燈打開，各位。」妳朝著一扇扇漆黑的窗戶和感受不到任何足跡的巷子裡喊道：「拜託了各位，至少把燈打開吧。」

事後妳才得知，原來當時軍人會放任那輛卡車至凌晨都不顧，是為了避免兵力的移動路徑曝光，而天亮前遭到逮捕的女大生則被帶往光州光山警察局拘留所，負責開車的青年則被拖往尚武臺，當時因為妳持有槍枝，所以與那些女大生分開羈押，並移送至保安部隊。

在那裡，他們叫妳赤婊子，沒人喊妳真實姓名，只因為過去妳是女工，從事過工會活動的關係。他們為了完成自編自導的劇本——妳躲在地方小鎮上的西服店，在那四年期間接受間諜指示行動——天天將妳壓在調查室的桌上。「骯髒齷齪的赤婊子，妳儘管喊啊，看誰會來救妳。」調查室裡的燈是忽明忽暗的日光燈，妳在那明亮的燈光下被凌虐到下體出血，直到妳失去意識他們才住手。

再次與聖熙姊重逢是在出獄後的隔年，妳透過都市產業宣教會與基督學院打聽到她的行蹤，最終在九老洞的一間麵店裡相遇。她聽聞妳的遭遇以後，瞠目結舌地搖著頭。

「我作夢也沒想到妳會被關進牢房，我以為妳已經隱姓埋名過著安穩日子了。」

聖熙姊多年來不斷過著躲藏與囚禁的生活，臉頰已經明顯消瘦凹陷，與當年的她簡直判若兩人，明明才二十七歲，看起來卻比實際年齡老了十歲。她在那碗冒著白煙的滾燙麵碗前沉默了許久。

「聽說正美在那年春天失蹤了，妳知道這件事嗎？」

這次換妳搖了搖頭。

「聽說她短暫在工會幫忙，但是可能看到我們都被列為黑名單，所以多少有些擔心吧，被工廠解雇前自己就先辭職了，然後好一陣子音訊全無……直到最近才聽說她失蹤。我是從她在日新紡織廠一起工作的同事口中得知的。」

妳兩眼呆滯，彷彿已經聽不懂母語般，望著聖熙姊說話的嘴型。

「聽說妳也在那裡住了四年對吧？在那大城市裡，從來都沒巧遇過嗎？」

妳當時沒有辦法立即回答，甚至連那丫頭的長相都記不得了。妳為了強迫自己想起那張臉，感到有些心力交瘁，模糊的記憶碎片依稀浮現又消失不見。白皮膚，一口整齊的牙齒，我想成為醫師。那名已經想不起名字的同伴，將妳的運動鞋送到醫院給妳，告訴妳說那丫頭把所有人的鞋都抱到工會辦公室裡放好。

僅此而已。

四點整

我為了了結生命，再次回到那個城市。

我被釋放後暫時借住在哥哥家裡，但是實在無法忍受警察每個星期都前來抽查兩次。

二月初的某個凌晨，我換上一身最乾淨的衣服，簡單打包行李便坐上了市外巴士。

乍看之下，那座城市好像什麼也沒變，但隨即就發現原來一切早已不復從前。

道廳別館外牆上有許多彈孔，行人穿著深色衣服，臉部卻像是烙印著透明傷口般猙獰扭曲。我與他們擦肩而過，一點也感覺不到飢餓、口渴，腳也不覺得冷，只覺得自己應該可以走到天黑，甚至是隔天清晨。

見到你是在錦南路上。

那是天主教中心的外牆，學生剛把照片貼上。警察隨時會在周遭出現，當時或許也躲藏在某處虎視眈眈。我趕緊撕下一張照片，捲起來握在手裡快步離開。我穿過大馬路走進一條小巷，走到底之後，看見一塊從未見過的「音樂欣賞室」招牌。我氣喘吁吁地爬上五層樓梯，進到像洞窟般位於最角落的小房間，點了一杯咖啡。店員送上咖啡時，我一動也沒動，明明是個音樂聲不絕於耳的地方，卻彷彿潛入水底深處般什麼也聽不見。終於，完全只剩下我獨自一人時，才攤開了手裡的照片。

你斜躺在道廳後院，手臂受到槍擊的作用力伸向一邊，臉部與胸口朝向天空，雙腳則往反方向大張著，從身體扭曲的姿勢可以看出死前最後一刻的痛苦掙扎。

我無法呼吸。

發不出任何聲音。

也就是說，那年夏天，你已經死了。在我的身體不停流著血時，你的身體正猛烈地往土地裡腐爛。

在那一瞬間，你拯救了我，靠著心臟快要爆開般的痛苦，靠著憤怒的力量，我的血液霎時變得滾燙，得以重生。

四點二十分

醫院本館旁的停車場入口處，有一間明亮的警衛室。整晚坐在旋轉椅上的警衛，將後腦勺靠在椅背上張嘴睡著了。妳望著那張上了年紀的面孔。警衛室屋簷下掛著一盞昏暗的白熱燈泡，在燈光照射的石灰地上，有許多死掉的蟲蠅。天即將拂曉，八月酷晒的烈陽逐漸升起，那些失去生命的一切東西都加速了腐敗，每一條放了垃圾的巷口都將散發陣陣惡臭。

妳記得很久以前東浩與恩淑用窸窣的聲音交談過，東浩問著為什麼要用國旗包裹屍體、為什麼要唱國歌，而恩淑當時是怎麼回答的，妳已經不記得了。

如果是現在的妳，會怎麼回答他那些問題呢？他們只是試圖用國旗這種布來包裹，因為我們不可以是被他們屠殺的肉塊，所以才會積極地哀悼、唱國歌。

歲月已從那年夏天流逝了二十年，這些赤匪和赤婊子都應該徹底趕盡殺絕，他們對妳詆毀謾罵、用水潑妳，妳把那些瞬間統統拋在腦後才走到了今天。已經沒有路可以回到那年夏天之前，也早已沒有方法可以回到屠殺和拷問之前的世界。

四點三十分

那個腳步聲究竟是誰，我無從得知。

也不曉得究竟是同一人還是不同人。

或許不只一人，而是許多人互相暈染、滲透，成為輕盈的一體。

四點四十分

只不過，偶爾妳還是會想起。

正午時分，尤其是寂靜的假日午後，看著陽光灑進來的窗戶，想起東浩模糊的側臉時，在妳眼前不停晃動的會不會是他的魂魄？因記不得的夢境淚流滿面而驚醒起身的凌晨，那張臉的輪廓逐漸變得清楚時，他的魂魄是否就在那裡徘徊？要是靈魂有聚集的場所，那裡會一片漆黑嗎？還是有朦朧的光？東浩、振秀，以及妳親手清理過的那些尚武館裡的人，都會聚集在那裡嗎？還是四散各處呢？

妳清楚知道自己並不勇敢、也不堅強。妳總是選擇能避免最糟情況的選項。妳被警察踹腹部後，離開了工會，出獄後雖然跟著聖熙姊投身勞工運動一陣子，但是只負責安穩的實務內容，和她的角色大不相同。妳不顧她的反對，參加了另一個與自己性格大相逕庭的團體。妳明知那是一條會受傷的路，卻再也沒回頭找她。現在重壓在妳肩膀上的那個背包裡，有著攜帶式錄音機與錄音帶，最終，星期一早上妳就會到郵局去，寄回給那個姓尹的。

與此同時妳也知道，要是再次面臨與那年春天一樣的瞬間，妳可能還是會做出類似的抉擇。就如同國小在玩躲避球時，原本只要專心避開對方攻擊就好，最後只剩獨自一人時，妳反而要去接球；如同被公車上那些女孩清亮高歌的嗓音吸引，妳走上有持槍軍隊駐守的廣場上一樣；如同在那個夜晚，妳默默舉手表示願意留守到最後一樣。「我們不能成為犧牲者，」聖熙姊說過：「不能放任他們稱我們是犧牲者。」那是個月亮默默俯瞰著圍坐在頂樓陽臺女子的春夜。當時塞了一塊水蜜桃在妳嘴裡的人是誰？妳已經記不得了。

四點五十分

我不知道見到姊以後想說什麼。

在我決定背對妳而去的那瞬間，

心臟裡宛如潑了一盆水泥，一下子將關於姊的一切——複雜、炙熱、陳舊的事情統統封印，我能否不去碰觸那瞬間，若無其事地見妳呢？

那麼，我還能對妳說些什麼呢？

妳背對著醫院向前走，穿過那片開始被拂曉微光照亮的草地。妳把兩隻手伸向背後，像是在揹孩子般，用手撐著那個沉甸甸的背包。

「這是我的責任，對吧？」

妳緊咬雙唇，朝眼前已呈靛藍色的黑暗問道。

要是我叫你回家，和你分食完海苔飯捲以後，起身再次叮嚀你，你就不會留下來了，對吧？

所以你才會來找我嗎？

想要來問我為什麼還活著，對嗎？

妳帶著彷彿能鑿出兩道血痕的眼神行走，朝急診室的方向快步走去。

五點整

不，
見到姊我只想說一句話，
要是可以的話，
拜託妳，要是可以的話，

岔路上的路燈全是暗著的，一條通往殯儀館與急診室，另一條通往病房與醫院正門口。妳沿著道路中央的白色直線昂首闊步，突如其來的雨水，正好滴落在妳的頭頂中央，落在運動鞋踩踏著的柏油路上，緩緩暈開。

別死。

千萬不能死。

第六章　往花開的地方

（東浩母親的故事）

「那孩子逮到機會就會自己出來的……他答應過我的。」

當時因為四周實在太暗了，於是我說了那句話；

感覺軍人馬上就會從黑暗中衝出來，所以我才會那樣說；

要是再繼續耗在那裡，可能連身邊這個兒子都會失去，

所以我才會那樣說。

我就那樣從此永遠失去了你。

我跟在那小子後頭。

那小子走得非常快，我老了，怎麼走都跟不上他。他要是再往旁邊轉一點，我就可以看見他的側臉了，可惜他眼睛緊盯著前方，只向前看、往前走。

最近哪有國中生剪那種髮型呢？我一眼就認出了那圓圓的頭型，那小子絕對是你。你二哥留給你的校服對你來說還太大，一直到國三才終於合身。早上你提著書包走出大門，我看著你的背影，看起來十分稱頭。不過，不知道你的書包跑哪兒去了，居然空手走在路上。白色夏季制服的短袖下露出瘦巴巴的胳膊，一看就知道是你。窄窄的肩、直筒腰，走起路來脖子像鹿一樣向前傾，完全就是你。

那時候你是想要來見我的，就算只是側身經過的樣子，至少也想讓我看你一眼的，可惜我這老太婆錯過了。我找遍了市場攤販、大街小巷，找了一個鐘頭都沒找到你，最後膝蓋痠疼，骨頭也快散了，才一屁股坐在地上。不過我心想：要是給鄰居瞧見可就不好了，所以就算覺得有點頭暈，還是趕緊撐著地站起身。

跟著你走到市場時，我還不知道原來這條路離家這麼遠，回來的時候口都快渴死了。出門時我口袋裡連個銅板都沒帶，所以只好隨便找一家店進去要了杯開水，邊喝邊坐著休息。但是我怕被人說是乞丐婆，所以最後還是硬著頭皮扶著牆壁走了回來。經過飄著灰塵、亂七八糟的工地時，我也這樣緊閉著嘴巴，邊咳邊走。去的時候我怎麼沒發現呢？居然有個那麼吵的工地，工人正無情地在地上鑽著洞。

去年夏天，下了一場大雨，我們家前面的巷道上還凹了一個洞。孩子們經過時腳老是不小心踩進那個洞裡，嬰兒推車的輪子也會卡在那兒，好危險啊，最後是政府派人來重新鋪了柏油路才填平的。九月初那時還很熱呢，看他們也挺辛苦的，把那冒煙發燙的柏油用推車載過來倒在路上，然後再把它推平。

等那些工人都走了以後，我出去看了一下，結果發現他們拉起了布條不讓人走。我只好沿著修補過的路邊儘量慢慢地走走看，路還熱呼呼的呢。我感覺到有一陣暖意往我的腳踝、小腿、痠疼的膝蓋裡竄進來。隔天早上那條柏油路可能乾了吧，圍起來的布條已經收走，我又去走了一趟，沒想到比走在邊緣還要暖，所以我就中午走、晚上也走，隔天早晨又走了一回。你從首爾回來的大嫂驚訝地問我：

「媽，光是待著就已經夠熱的了，為什麼您還走這剛鋪好的柏油路呢？」

「我身體覺得冷，妳知道走在這上頭有多暖和嗎？能暖到我骨子裡呢。」

「媽，最近您怎麼變得特別奇怪啊。」

從幾年前開始，你大哥只要一有機會就叫我搬去和他一起住，他還搖著頭說：

「您變了。」

新鋪柏油路上的熱氣只維持了短短三天，最後還是冷掉了。明明沒什麼好難過的，不知為何覺得有點感傷。我剛才吃完午餐後也在那上頭站了好一會兒，因為就算都冷掉了，那地方仍多少可以感覺到一點點溫暖。而且站在那裡觀望，說不定又會像上次一樣，看見你匆忙經過的身影。

那天不知道為什麼，你的名字我連一個字都叫不出口，嘴巴就像被人塗上了糨糊一樣，只能上氣不接下氣地跟在你後頭。這次要是我喊你名字，可得趕緊回頭看看我呀，就算一個字都不回我也沒關係，只要回頭看看我就好。

不對啊。

我最清楚你已經辦不到啦！

因為是我親手把你葬進土裡的。你原本穿著天藍色體育服，外面加了軍訓外套的，是我為你換上了白色襯衫和黑色的冬裝，皮帶也幫你整齊繫上，還幫你穿上了一雙乾淨的灰色襪子。當時把你放進木板做成的棺材裡，讓垃圾車載走的時候，我為了要保護你而坐在前座，也不曉得垃圾車要開往哪裡，只是一直緊盯著你那具棺材。

我想到那時候在一片空曠的沙丘上，有數百個身穿黑衣服的人，像螞蟻一樣抬著棺材走動，你大哥和二哥也咬著嘴唇不停啜泣。你爸生前告訴我，我那時一滴淚也沒流，只從雜草堆裡抓了一把草塞進嘴裡吞下，然後蹲在那兒不停地嘔吐，吐完又再抓一把草吞進肚子裡。但是我全都不記得了，只記得去墓地之前的事情。蓋棺前一秒，我看見你的臉是那麼的消瘦，那是我第一次知道原來你的皮膚那麼白。

後來你二哥說，你是因為被槍射中流了太多血，所以臉才那麼白，棺材也那麼輕。他說你就算還沒長大，也不至於輕成那樣，然後我看見他開始眼角泛紅、布滿血絲。

「這仇我一定要報。」

「你在說什麼呢？」我嚇了一跳，對他說：「你弟是被國家殺死的，要怎麼報仇，要是連你也出事，我就真的不想活了。」

就算事隔三十年，每到你和你爸的忌日，你二哥就會出現在你們的墓前，我看了心裡還是挺難受的。明明你的死又不是他害的，為什麼在你的親友中，他最先滿頭白髮、拱肩駝背，難道他還想要報仇嗎？這樣想著，我就覺得心情很沉重。

不過你大哥還是很爽朗的一個人，沒留下什麼陰影。他一個月會帶著妻子下來看我兩次，自己也常偷偷當天來回，買飯給我吃，給我零用錢，比起就住我附近的你二哥親切許多。

你爸、你大哥還有你，三個人都有水桶腰、肩膀往內縮的家族特徵。你和你大哥同樣有著細長的眼睛和明顯的門牙縫隙。最近只要一看見你大哥露出像兔子一樣的門牙，就算他眼角布滿皺紋，也覺得跟年輕人一樣純真。

你大哥十一歲那年，你出生了，從那時開始，他就說你和他同樣都是男生，只要一放學就跑回來要看你。他覺得你笑起來很可愛，小心翼翼地撐著你的脖子抱在懷裡，不停輕輕搖哄，直到你笑出來為止。後來他還用布把剛滿一歲的你揹在背後，在院子裡跳來跳去，唱著不對拍的歌曲。

誰會想到他最後會和你二哥大吵那一架呢？到現在都已經超過二十年互不往來了。

我辦完你爸的喪事，回來準備三虞祭[13]時，突然聽見東西破裂的聲音，趕緊跑去查看，結果發現都已經二十七歲和三十二歲的兩個大男人，居然拽著彼此的衣

13　出殯後的第三次祭祀。

領。

「只要把那小不點拎回來不就好了，你待在那裡幾天幾夜的，到底都在幹嘛！最後一天為什麼又只有媽自己去！什麼叫反正叫他回來他也不會聽，你不是明知道他待在那裡只是死路一條嗎，你不是都知道嗎？你怎麼可以這樣！」

你二哥大叫一聲撲向大哥，把你大哥壓倒在房間的地板上，像隻野獸一樣，邊哭邊喊，我也只能斷斷續續地聽到他說了些什麼。

「哥知道什麼……你都在首爾……你知道個屁……當時的情形你最好知道啦……」

我甚至沒冒出勸架的念頭，就自己走回廚房了。我什麼都不想去想，也什麼都聽不見，就這樣把餅煎好，把牛肉串好，還煮了一鍋湯。

現在我什麼都不敢肯定了。

我最後一天去找你的時候，你要是沒那麼乖地對我說晚上就回去的話，結果會怎麼樣呢？我當時還安心地回家對你爸說：「他說晚上六點鎖好門就回來，還答應和大家一起吃晚餐呢。」

但是等到七點，你一直都沒回來，所以我就和你二哥一起出門去找你。原本因為戒嚴七點後是禁止外出的，那天晚上聽說軍隊要進來，我們連個人影都沒見著。我們走了整整四十分鐘，結果尚武館裡的燈全都暗著，一個人也沒有。後來我們走去道廳前，看見幾名拿著槍的市民軍在那裡站哨，我拜託他們，說我得見見我的小兒子。結果那些看起來還很稚嫩的市民軍，全都臉色鐵青地告訴我說不行，任何人都不得進入，然後叫我們趕緊回家，說那裡很危險，等等戒嚴軍就要開著坦克車進來了。

「拜託讓我進去吧，」我苦苦哀求著他們，「不然就幫我把他叫出來吧，請他出來一會兒就好。」

後來你二哥實在看不下去，想要自己進去找你，結果其中一名市民軍說：「你要是現在進去就再也出不來了，那裡面只剩下有必死決心的人。」

你二哥激動地說著：「知道了，至少先讓我進去。」這時我打斷了他。

「那孩子逮到機會就會自己出來的……他答應過我的。」

當時因為四周實在太暗了，於是我說了那句話；感覺軍人馬上就會從黑暗中衝出來，所以我才會那樣說；要是再繼續耗在那裡，可能連身邊這個兒子都會失去，所以我才會那樣說。

我就那樣從此永遠失去了你。

我用手拉住了你二哥的手臂，我用腳自己走回了家裡，為了不要統統死在那裡。我們倆邊哭邊走著那條黑漆漆的道路，走了四十分鐘好不容易才回到家。

現在我什麼都不能做了。那些臉色鐵青、一臉驚恐的市民軍，看起來還很稚嫩的那些小傢伙是不是也都死了呢？既然會那麼荒謬地死掉，為什麼到最後一刻都不讓我進去找你呢？

每次只要你哥來過之後，我便覺得更加空虛，所以會坐在外頭的木地板上晒晒太陽，度過一天。原本圍牆南邊還是採石場的時候，雖然有點吵，陽光卻照得進來，但自從蓋了棟三層樓建築後，都要到上午十一點才能見得到光。

買這棟房子之前，我們住在那座採石場後面的巷子裡好長一段時間呢，對吧？那時候住的是用石板瓦當屋頂的老舊建築，小得要命，也不通風。你和你兩個哥哥特別喜歡星期天，因為採石場工人不上班，可以在大石頭間跑跳玩耍，一下子玩躲貓貓，一下子又玩貓捉老鼠。

一、二、三，木頭人！你們在採石場最裡面喊著，我們家的院子都能聽得一清二楚。那樣調皮吵鬧的小子，隨著腦袋越長越大，彷彿不曾頑皮過似的越來越安靜。

後來是你大哥去了首爾，我們家的經濟狀況才逐漸好轉，然後搬來這個家。之前的院子我總嫌太小，光是擺一張平床[14]就滿了，根本沒辦法走路，結果搬來這兒還能弄一區玫瑰花圃，可開心死我了。我為了讓你二哥認真讀書，要你和他分房睡，一人一間，又為了賺點錢貼補生活費，所以把舍廊房租給了人家，誰知道

14　又稱涼床，一種室外家具，可坐可臥，通常會擺在家中院子或社區裡，用來納涼、喝茶、下棋、挑菜等多用途。

後來會發生那一連串的事呢。住進來的那對姊弟個頭像豆子一樣矮小，剛好分別跟你二哥和你同年。看著你有了新朋友我實在很高興，尤其是看到你們倆都穿校服一起出門去上學，就覺得很欣慰。你們假日在這院子裡打羽毛球時，要是球飛到採石場，兩個人就會猜拳，輸得人得去撿球。我最喜歡聽見你們倆的笑聲了。

那對姊弟到底去哪了呢？

他們的爸爸南下來到這裡，失魂落魄地到處找人的時候，我當時的處境也好不到哪去，都沒能對他說一句安慰的話。那個人後來把工作給辭了，住在我們家的舍廊房裡一年，像個瘋子一樣不斷進出政府機構。只要一聽說有人發現了掩埋場，或者在某個水池裡浮出了屍體，不論凌晨還是深夜，都會不管三七二十一馬上衝出去確認。

「他們一定還活著，兩個人一定是在一起的。」

他喝得爛醉走進廚房，像個神經病一樣獨自叨唸著的樣子還歷歷在目。他的臉很小，鼻梁也很塌，在發生那件事情以前，和兒子一樣有著一雙調皮的眼睛。

我猜那個人應該沒活多久。因為移葬到新墓園的時候，也為失蹤者安排了屬於他們的衣冠冢，但你二哥邊走邊找過一圈，都沒看見他們家姊弟倆的名字，要是那個人還活著，怎麼可能不來安排他兩個孩子的衣冠冢。

有時候啊，我會覺得……我幹嘛沒事把舍廊房出租給人家，只為了多領那幾毛租金……要是正戴沒住進這個家，你可能就不會那麼費盡心力去找他……每當我想起你們倆打羽毛球時的笑聲，就會搖著頭心裡想，報應啊……報應，對吧？要是埋怨那兩個可憐的姊弟，我會遭到報應的，對吧？

幾天前太陽快要下山的時候，我突然想起那個姊姊的臉，長得可漂亮了呢……那麼漂亮的小姐居然就這麼不見了。我看著黑漆漆的院子心裡想著，那漂亮的小姐住進我們家，整理著洗衣籃，提著滴水的運動鞋和牙刷，在院子那頭來回走動的畫面，就像恍如隔世一樣。

我的命就像牛筋一樣韌，所以失去你以後我還是照常吃飯。正戴他們爸爸走了以後，我把那間令人傷心的舍廊房用鎖頭鎖上，日復一日規律地出門去做生意。

還記得我第一次參加只有掛名從未出席過的受難者家屬會時，是在接到一名自稱是副會長的母親來電以後。因為聽說那名軍人總統會來，那個殺人魔要來這裡……我想到你都還屍骨未寒呢。

雖然我本來就淺眠、不易入睡，但是自從那天起，我就再也沒好好睡過一覺。你爸也每晚都睡不著，他是個一輩子只跟病魔奮鬥的好好先生，所以我硬是把他留在家裡，獨自出席了那場受難者家屬的聚會。我和那些初次見面的母親握手寒暄，在經營米行的會長家裡熬夜製作布條和抗議牌，不夠的東西說好各自回家再準備，然後散會。大家準備要離開時，彼此緊握著雙手，感受那冰冷的肌膚……我們互相牽著像稻草人一樣空虛的手，互相撫摸著像稻草人般的背，注視著彼此的臉。我們的面孔一片空洞，雙眼無神，互道晚安並相約明日再見。

我一點都不害怕。

反正是抱著一了百了的心態豁出去了，所以也沒什麼好怕的。我們一群人穿著孝服，等著那殺人魔搭乘的轎車出現。結果那傢伙真的一大清早就來了，原本說好要一起齊聲呼喊口號的計畫亂了套，大夥哭的哭、喊的喊，有些甚至哭到昏過去，頭髮扯得凌亂不堪，身上的孝服也給撕破了。布條才剛攤開就馬上被人奪走，所有人都被帶進警察局裡，兩眼無神地呆坐著。

過沒多久，說好要和我們一起在另一處進行示威的受難會青年被抓了進來，個個低頭不語。他們排隊走來時，剛好和我們四目相交，其中一名青年突然大聲哭喊道：

「阿姨，妳們為什麼會在這裡？妳們到底犯了什麼罪？」

那瞬間我的腦子裡一片空白，全世界都成了一片雪白色。我捲起撕破的孝服裙襬，跳上了桌子，然後獨自嘀咕著：

「是啊，我到底犯了什麼罪？」

我就像長了一雙翅膀一樣，一步一步跳到了刑警的桌上，一把扯下掛在牆上的殺人魔肖像，我用腳使勁地踩，相框玻璃碎片刺進了我的腳底。當時我已分不清流的究竟是血還是淚。

後來刑警把我送去了醫院。你爸接到消息以後，便跑來急診室裡找我。醫生和護士把我的腳底用刀子劃開，挑出玻璃碎片，再用繃帶幫我包紮。然後我要求你爸：「拜託回家幫我把昨晚做好沒帶出來的那個布條帶來，就放在衣櫥裡。」

那天傍晚，我扶著你爸的肩膀一拐一拐地走到醫院頂樓陽臺，倚著欄杆把布條從上面直直垂落，並大聲喊道：「還我的兒子來！把殺人魔全斗煥撕爛分屍！」我使盡吃奶的力氣喊著，喊到腦袋充血。直到警察爬上緊急逃生梯，直到他們把我扛走丟在住院病房裡的病床上，我都不停大聲呼喊著。

下一次，再下下一次也是，我們都是那樣聚在一起奮戰的。所有的母親道別時會簇擁在一起，緊抓著彼此的手，撫摸著彼此的肩膀，注視著彼此的眼睛，約定好下次再見。大家縮衣節食，好不容易湊出租借巴士的費用，北上至首爾參與集會。有一次，某個混蛋把催淚彈丟進我們的巴士裡，導致一名母親吸不到空氣而當場昏厥。所有人被抓進鎮暴巴士裡載走時，那些畜牲居然把我們一個一個隨意丟在偏僻荒涼的國道上，每行駛一段距離就丟下一人，就這樣拆散所有人。我沿著搞不清楚方向的小徑走了又走，走到我們再度重逢，撫摸彼此的背，走到能夠再次注視著彼此冷到發紫的嘴唇為止。

原本我們說好要一起奮鬥到底的，沒想到隔年你爸突然病倒了，導致約定無法兌現。他甚至在那年冬天撒手人寰，絕情地丟下我一人在這宛如地獄的人間。

因為我不曉得死後的世界長什麼樣，在那裡是否也會相遇、道別；是否有臉孔、有聲音；是否有歡迎或失落等情感，所以我也不曉得，究竟該對失去你爸這件事感到惋惜還是羨慕。

我只能單純看著冬去春又來。春天一到，我一如往常地開始瘋瘋顛顛，夏天則疲憊不堪、有氣無力，秋天時終於能好好喘口氣，到了冬天，則把自己徹底凍結成冰，心臟和骨子裡都一片冰涼，再也流不出一滴汗水。

總之呢，我是在三十歲那年生下你的。我天生左邊乳頭的形狀就不太光滑，所以你兩個哥哥都只吸我右邊比較容易出奶的乳頭，我左邊的乳頭就算腫脹他們也都不吸，最後變得和右邊的乳頭完全相反，又醜又硬。我就那樣帶著兩顆不對稱的乳頭生活了好幾年。但是你和哥哥不一樣，給你左邊的乳頭你就吸左邊，就算長得奇形怪狀你也還是溫柔地吸吮著，所以最後我的兩邊乳頭都被吸得凸起而光滑。

總之呢，餵你喝母乳的時候你特別愛笑，還拉了一坨香噴噴的黃金大便在尿布上。你就像隻小野獸在地上爬行，還把隨手抓到的東西往嘴裡放。你發燒時整個臉色發青，因為受驚而在我胸前吐了一大口臭酸的奶。總之呢，你戒奶嘴時把大拇指指甲吸到像紙一樣薄。你第一次學著放手走路時，邁開步伐走向對著你拍手，鼓勵你過來的我。你開懷笑著，總共自己走了七步才終於趴倒在我懷裡。

你八歲時說：「我討厭夏天，但我愛夏夜。」明明不是什麼至理名言，我卻對你說的這句話情有獨鍾，心裡還默默想著，你會不會長大以後成為一名詩人。夏天夜晚，你爸還有你們三兄弟一起坐在院子裡的平床上啃西瓜時，你會用舌頭舔著嘴角上甜滋滋又黏答答的西瓜汁。

我把你國中學生證上的照片剪下來，放在我的皮夾裡隨身攜帶。雖然不論白天還是晚上，整個家都空蕩蕩的，但是我會特別選在不可能有人來訪的凌晨，攤開那張用白色習字紙層層摺疊包裹的照片，也就是你的大頭照。我知道不可能有人聽見，但我還是小小聲地叫著：「……東浩啊。」

秋雨過後天空放晴時，我會把皮夾放在我的外套暗袋裡，撐著膝蓋一拐一拐地往河邊走下，漫步在那條開滿五顏六色波斯菊的路上。那條路上有蚯蚓蜷曲著身體死在地上，招來了好多蒼蠅。

還記得嗎？你六、七歲時，片刻都不肯乖乖待著。兩個哥哥都去上學了，只剩下你一個人，無聊得不知該如何是好，於是我們兩人每天都沿著河川旁的街道走去店裡找你爸。還記得嗎？你討厭樹蔭遮擋住陽光。你這小傢伙力氣大、脾氣也倔。你奮力拉著我的手，把我拖到了有陽光的地方。你那又細又少的頭髮裡，冒出一滴又一滴閃亮亮的汗珠。你氣喘吁吁地說著：「媽媽，妳往那邊走，往有陽光的地方。」我假裝拗不過你，任由你拖著我的手走。「媽媽，那邊有陽光的地方還開了好多花欸，為什麼要走暗暗的地方，往那邊走，往那花開的地方。」

尾聲　雪花覆蓋的燭燈

（作者自述）

那段經歷就像是一場核災，
附著在骨頭與肌肉裡的放射性物質，
存留在我們的體內數十年，
並且讓我們的染色體變形，
將細胞變成癌症來攻擊我們的性命，
就算死掉或者火化後只剩下白骨，那些殘留物也不會消失。

聽聞這些故事是在我十歲那年。

自始至終，這都不是一段有人把我叫去坐在某張椅子上，聽他娓娓道出來龍去脈的故事。北上來首爾的那年，我住在水踰洞山坡上的房子，常常蹲坐在家裡各個角落，手上拿到什麼書就讀什麼，有時會和哥哥或弟弟下一整個下午的五子棋，不然就是處理母親只會交代我做的事，也是我最討厭做的事——剝大蒜、挑掉鯷魚頭，然後在做這些雜活的時候，從大人口中聽到了一些故事。

「他是哥哥的學生？」

初秋的某個星期天，小姑姑坐在餐桌旁向父親問道。

「我不是他的班導，但是每次只要我出作文作業，他都寫得很好，所以對他特別有印象。我們要賣掉中興洞的房子搬去三角洞時，是在房屋仲介那邊簽約的。我說我是D國中的老師，結果來買房子的那個人很高興，說他小兒子剛好也讀我那間學校一年級，還告訴我是國一幾班的誰誰誰，後來我去那個班級點名的時候特別留意了一下，發現原來是我知道的那個孩子。」

後來父親和小姑姑說了些什麼我就不記得了。我只記得他們的表情，兩人對於要避開最可怕的段落繼續聊下去感到有些困難，所以只能尷尬地保持沉默。不論如何轉移話題，最終又會繞回到一開始的詭譎氣氛。我對他們閒聊的這段對話感到有股莫名的緊張，仔細聆聽著。其實從很久以前我就知道，父親教過的那名學生，他們家當初買了我們在中興洞的房子。但是為什麼他們要逐漸壓低音量說話呢？為什麼每次在提到那名學生的名字前，都會有一段令人不解的停頓與猶豫呢？

在那間韓屋的院子裡有一區花圃，種著一叢矮小的山茶花。隨著氣溫上升，幾近墨黑的深紅色玫瑰就開始沿著花圃圍籬攀爬，等它快要凋謝時，則換白蜀葵沿著舍廊房外牆盛開綻放，長到成人的高度。打開淡綠色鐵製大門走出去，會看見一道電池工廠的長圍牆。我們賣掉那棟韓屋搬去市郊的那天早上，我還記得父親與叔叔正熟練地用毯子包覆梧桐木衣櫥的各個邊角，再用繩子層層捆綁固定。

新搬去的三角洞其實是個滿鄉下的地方，我們的房子後方有一棵高大的杏樹，在那裡住了將近兩年時間後，就舉家遷移到首爾來了。我父親代替英年早逝的爺爺，靠著自己的國中教師薪俸把所有弟弟妹妹拉拔長大，就連小姑姑都供她唸到大學畢業，後來父親才決意要從事寫作。

一九八〇年一月，首爾是個冷到不可思議的寒冷城市，在還沒搬進水踰洞山坡上的房子以前，我們先在聯立住宅[15]暫住了三個月，那裡的隔間牆壁是用類似合板的材質，室內與室外的溫度幾乎沒有差別。我待在房裡開口說話還會冒出白煙，儘管穿著大衣包裹著棉被，也會冷到牙齒打顫。

那年冬天我一直想著中興洞的房子。雖然只要搖晃樹幹就會有黃色杏桃像乒乓球一樣滾落的三角洞房子也不錯，但是可能因為居住的期間不長，並沒有太多的留戀。外公為獨生女親手搭建的中興洞老家，我從出生住到九歲。從院子走到廚房得經過我那小小的房間，每到夏天，我就會把肚子貼在地板上趴著寫作業，冬天的午後則會把格子紙門稍微拉開，望著那潔淨陽光照耀下的小院子。

15　依據韓國統計廳之定義為單棟永久建物，該建物可以供多戶居住且為四層以下者，稱為「聯立住宅」。

他們來到水踰洞房子是在某個初夏的凌晨。

約莫三、四點左右，母親叫醒熟睡中的我。「起來，我要打開燈囉。」我還來不及清醒，母親就按下了電燈開關。我睡眼惺忪地揉著眼睛坐起來，兩名高大健壯的男子走進了我的房間。母親穿著一身睡衣對錯愕不已的我說道：「房地產叔叔來了，要來看房子。」

我頓時睡意全消，趕緊起身貼在母親身邊，靜靜地看著男子打開衣櫥，查看書桌下方，拿著手電筒往閣樓走上去。為什麼大半夜的會有房地產叔叔要進來看房子？還上去閣樓看呢？不久後，從閣樓下來的男子對母親說道：「麻煩這邊請。」男子把母親帶往廚房，我踩著遲疑的步伐不知道該不該跟著母親。你們在這裡待著，母親臉色凝重地用脣語說道。我轉身回頭，看見了和我一樣穿著睡衣滿臉錯愕的哥哥和弟弟，都站在那裡不敢亂動。臥房裡傳來父親和某人對話的渾厚嗓音，雖然從廚房掛著的蕾絲門簾也傳出母親的說話聲，但是因為音量實在太低，一句話都沒能清楚聽見。

那年中秋，親戚齊聚一堂時，大人刻意壓低音量交談，好讓我們三個小孩以及其他更小的堂兄弟姊妹聽不見，彷彿孩子會在一旁監視似的。

當時在國防產業高就的叔叔，和父親兩人在臥房裡談話到深夜。

「我們家凌晨被突襲了，一開始還以為是強盜。他們同時撞開廚房門和玄關門闖進來，好像有十足把握宋大哥一定是躲在這裡，但是早在前一天下午我就見過他了。我先去出版社拜託他們把全集版稅四十萬韓圜預支給我，然後再到明洞和他短暫碰面，把錢拿給他……他們把你大嫂和我分開審問，後來叫我得和他們一起走。我心想要是被帶走豈不是大事不妙了嗎，所以我騙他們說，從去年就和他漸漸疏遠了。」

「應該是電話被監聽了，要小心啊。最近我跟哥講電話時，都會聽見電話筒裡傳出類似空氣的聲音，聽說那就是被監聽中的雜音。我朋友永峻現在也在逃亡，前年給拖去保安部隊的時候，十根手指頭的指甲不是統統被人拔光了嗎，這次要是再被抓到，恐怕就小命難保了。」

兩個嬸嬸和母親在廚房裡一邊做菜一邊交頭接耳。

「聽說他們砍了她的乳房。」

「天啊……」

「還有人是直接被剖開肚子取出肚子裡的寶寶呢。」

「我的天啊……竟然有這種事。」

「原本大嫂那棟房的屋主啊，把舍廊房租了出去，住進來的孩子和他們兒子年紀差不多，聽說光是在D國中就有三名學生死掉、兩名失蹤，結果失蹤的那兩個孩子居然剛好就是住他們家的……」

「天啊……」一直以感嘆回應的母親，突然低頭不語，過一陣子之後，她才開始低聲說道：

「前年和小姑希英相親的那個男人啊，就是那個G高中的數學老師，知道吧？

我看他人很不錯，可惜最後沒能和我們結緣。聽說他現在的老婆好像出事了，本來都要臨盆了，結果在家門口等她老公的時候……」

從大田來的嬸嬸沒有以「天啊……」來接話，只默默眨著像牛一樣的眼睛等待母親繼續說，就在母親難以啟齒之際，光州的嬸嬸接過話來說道：「我也有聽說那件事呢，原來就是那個人喔？」

「那個孕婦被槍殺了，沒想到肚子裡的孩子卻幸運活了下來，然後有幾分鐘……」

那一瞬間，我心想：要是希英姑姑和那個數學老師結婚的話……在不可能成真的年幼幻想之中，二十六歲的姑姑大腹便便地站在大門口前，一枚子彈剛好卡在姑姑的白皙額頭上。姑姑喜歡用聲樂方式哼唱歌手楊姬銀的歌曲，她肚子裡的孩子，那個睜開眼睛的孩子，像魚一樣正張著嘴巴蠕動。

父親將那本攝影集帶回家裡是在兩年後的夏天，他說是南下到那個城市弔祭慰問喪家時，在公車總站弄到的。有別於我年幼時的想像，額頭沒有中彈、也沒有結婚生子的希英姑姑來了一趟首爾，大人輪流看完那本攝影集後，不約而同維持了一段沉默。父親把那本書放在臥房的書櫃最內層，甚至將書背朝裡面放，好讓我們幾個孩子無法找出來翻閱。

我偷偷翻開那本書，是在某個大人一如往常聚集在廚房看整點新聞的晚上，我還記得翻閱到最後一張，是一名被刺刀深深劃開臉部、面容猙獰的女孩，她的模樣悄悄地喚醒了我內心深處自己從未察覺的柔軟。

尚武館的地板是凹陷的。

我站到木地板掀開後露出的暗紅色泥地上，抬頭一看，發現禮堂的四面都是早已沒了玻璃的大窗框，對面的牆壁還掛有裱框的國旗，天花板上的日光燈也還沒拆除，我踩著半凍結的泥土，朝右邊牆壁走去。我唸著一張護貝過的Ａ４紙上的手寫文句：「運動時請脫鞋」。

我轉身回頭往玄關方向而去時，看見了通往二樓的階梯。

我走上了那條長年無人管理導致滿布灰塵的階梯，然後坐在可以將禮堂盡收眼底的觀眾席上。我張開嘴巴吐氣，白色煙霧瞬間散去，石灰地板的寒氣穿過牛仔褲傳到我的肌膚。白色紗布包裹的遺體與國旗覆蓋的棺柩，聲嘶力竭和呆坐在一旁的女子及孩童，飄然出現而後消失在暗紅色的泥地上。

我認為自己太晚才開始。

應該要在這裡的地板都被破壞前來的，應該要在施工中的道廳覆上遮蔽物前，在親眼目睹那一切的銀杏樹幾乎都被斬草除根前，在已經活了一百五十年的槐樹乾枯前來的。

但是我現在才來，沒有辦法。

我把外套拉鍊拉到最上面，打算在這裡待到太陽下山，待到少年的臉孔明顯可見為止，待到聽見他的嗓音為止，待到隱約能夠看見他走在我看不見的木地板上為止。

兩天前，我在弟弟住的公寓裡解開了行李，我們約好等他下班就一起去吃晚餐，並在天黑前去了一趟中興洞的老家。因為在很小的時候就搬離了那裡，所以對那座城市的地理位置並不了解。我先搭計程車到以前唸到三年級的H國小，下車後我背對學校正門，穿越人行道，跟著記憶往左邊走去。

我記得那裡有一間文具店，實際去看發現還在，經過文具店再走一段路後就得轉進右邊的那條路，我憑著儲存在身體裡的空間記憶，選擇走上第二條岔路，那道長長的護田圍牆已不復見，與那道圍牆對望的韓屋村也已消失無蹤。根據記憶，那條路與大馬路交會處有座寬約一間房子的採石場，採石場與圍牆之間夾著的那棟韓屋就是我老家。然而一片荒涼的採石場想必不可能至今還留在市中心裡，所以只好找出倒數第二棟房子。

經過單層小屋、聯立住宅、鋼琴補習班、刻印章店以後，我終於抵達了路的盡頭。原本的採石場上頭蓋了一棟煞風景的三層樓高水泥屋。老家已經拆了，取而代之的是一間組合式貨櫃屋，那是一家販售廚房和浴室裝潢用品的店，諸如洗臉臺、水龍頭、流理臺、馬桶等。

我到底在期待什麼呢？我站在那間燈光明亮的店家前，像是在等人似的徘徊不去。

去找老家的隔天，也就是昨天，我很早就起身出門，前往全南大學五一八研究所與尚武地區的五一八紀念財團，從七〇年代起就有中央情報部常駐並進行拷問的五〇五保安部隊，則是大門深鎖。

下午我去了一趟Ｄ國中，少年最終沒能畢業，所以畢業紀念冊裡肯定不會有他的照片，我透過父親的老友——一名從該校退休的美術老師，幫我打電話到學校，才得以閱覽學生在學時的成績紀錄簿。我第一次看見他的長相，就是在那本簿子裡，裡面貼著他的照片。單眼皮的他看上去十分溫和乖巧，下巴和臉頰的線條也都還留有稚嫩的痕跡，那平凡無奇的長相，感覺隨時都會和其他人搞混，是那種只要視線一移開，就會頓時忘記有什麼特徵的長相。

我走出教務室穿過運動場時，天空開始飄起雪花，走到校門口時雪越下越大。我撥開掉在睫毛上的雪，坐上計程車。我請司機開去全南大學，因為我好像曾在五一八研究所一樓展示室裡看見和照片中那個孩子相似的臉龐。

展示室裡設有好幾臺小型電漿電視，每一臺都重複播放著不同的影片，由於不記得確切是在哪個影片中看到的，所以得全部從頭觀看。於是，我在有人拉著手推車朝廣場行進的影片段落中，看見了長相相似的國中生，手推車上載的是在車站發現的兩具青年遺體。少年杵在原地一動也不動，彷彿快要崩潰哭泣般驚恐地看著臥倒在地的遺體，當時明明已經是春天的尾聲了，他卻彷彿覺得寒冷似的緊緊將雙手交叉在胸前。由於那個畫面只短暫一閃而過，所以我得站在原地繼續等待影片重新從頭輪播。我反覆看了第二遍、第三遍、第四遍，影片中的那名少年一樣也是有著隨時都可能錯認成其他人的平凡長相。我沒把握那就是他。

或許在那個年代，剃著那種髮型、身穿制服的少年都長那樣也說不定，都有著那種善良的單眼皮，以及因為抽高而消瘦的臉頰和細長脖子。

&

我一開始的原則是把能夠蒐集到的資料統統閱讀一遍，從十二月初開始就不再閱讀其他刊物，也不寫作，盡可能連會面都不安排，只專注閱讀這些資料。就這樣過了兩個月，一月快結束時，我感覺到自己無法再繼續研究下去。

因為那些夢境。

我擺脫掉一群軍人好不容易逃了出來，呼吸急促，心臟彷彿就要從口中跳出般。他們之中有個人用力推了我的背。我向前跌倒了，轉身回頭仰望的瞬間，軍人用刺刀朝我的心臟刺來，正確來說是刺在胸口正中央。凌晨兩點鐘，我驚醒過來，奮力坐起身，手摸著胸口，下巴不停顫抖，將近有五分鐘時間無法好好喘息。

我沒發覺自己已經淚流滿面，直到用手揉臉時，才發現掌心溼了一片。

幾天後，我又夢到有人來找我，告知我一項消息。自一九八〇年至今，有數十名五一八事件嫌疑人被關在地下密室長達三十三年，預計在明天下午三點就會處以死刑。夢中的時間是晚間八點，到明天下午三點只剩短短十九個小時，我到底該如何阻止這場悲劇發生。告訴我這項消息的人突然消失了，我拿著手機站在街道中央不知該如何是好。我該打去哪個單位說這件事？我得跟誰說才能夠阻止這場悲劇發生？這消息怎麼會偏偏傳到無能為力的我耳中。我得趕緊攔計程車才行，但是該請司機開去哪裡呢？去哪裡、如何……正當我焦急到口乾舌燥時，睜開了眼睛。原來是夢。我張開緊握的拳頭，在黑暗中不停反覆嘀咕：「那是夢，那是夢。」

我收到某人寄來的小收音機，聽說有倒帶時間的功能，只要在數位面板上輸入年份和日期即可。我接過來後輸入了一九八〇五月十八號，如果要寫那起事件就得親臨現場見識一番才行，那才是最好的方法。然而，就在下一瞬間，我獨自一人站在不見半個人影的光化門十字路口上。也對，因為能移動的只有時間，而我那時在首爾。五月本該是春暖花開的季節，街道上卻像十一月天一樣淒涼，圍繞著一股可怕的肅靜。

後來在某天，我為了參加一場婚宴久違的外出。二〇一三年一月的首爾街頭就和幾天前的夢境一樣冷清。婚宴會場裡的水晶燈華麗無比，前去參加的賓客打扮亮麗、神情自若，甚至有些陌生。我感到不可置信，有那麼多人死了。一名專寫評論的前輩笑著向我抗議，說為什麼沒有把小說集寄給他。我感到不可置信，有那麼多人死了。結婚典禮結束後，因為有太多要去吃午餐的人問我同樣問題，而我全都無話可說，所以最後選擇先行離開。

那是個豔陽高照的日子，很難想像不久前才剛下完一場大雪，尚武館牆壁上的玻璃窗，灑進了午後和煦的陽光。

由於地板實在太過冰冷，於是我站起身，踩著階梯走下，打開大門走出禮堂。我看著遮擋視野的巨型遮蔽物，以及在那之間微微透出的白色外牆角落。我正在等待，雖然知道不可能會有人來，也沒有人知道我在這裡，但我仍舊在等待。

我還記得二十歲那年冬天，自己第一次去望月洞。我走在墓園山坡上的墳墓之間，尋找著那個人。直到那時我都還不曉得他姓什麼，只記得從大人口中偷聽來的名字，因為和小叔叔的名字相似，所以一聽便能記住——滿十五歲的東浩。

我記得那時錯過了從墓地開往市中心的末班車，所以沿著逐漸變暗的道路背風行走。走了好一陣子之後，我突然發覺自己的右手還一直放在左胸前，宛如心臟邊緣已經碎裂，我得那樣按住，才能夠順利帶著它行走。

有幾名軍人特別殘忍。

初次接觸資料時，使我最不解的部分就是軍人不打算進行逮捕，而且一再殺戮。光天化日之下，毫無罪惡感、毫不遲疑地凌虐施暴。此外還有那些下令盡可能殘忍行事的指揮官。

一九七九年秋天，據說在鎮壓釜馬抗爭時，青瓦臺祕書室長車智澈是這樣對朴正熙總統說的：柬埔寨死了兩百多萬人，我們沒理由做不到。一九八〇年五月，在光州擴大示威規模時，軍隊用火焰噴射器朝街道上毫無防備的市民噴射，當時配給士兵的鉛彈還是國際上基於人道禁用的。極受朴正熙信任的全斗煥，人稱朴正熙的乾兒子，他密謀著萬一沒能順利攻下道廳，就要派出戰鬥機來轟炸整座城市。我看見五月二十一日集體發射子彈的前一刻，他搭乘軍用直升機到那座城市、腳踩那片土地的影片。年輕將軍一臉悠哉，施施然背對著直升機向前走，與前來接機的軍官用力握手。

「那段經歷就像是一場核災，」我閱讀著遭到嚴刑拷打的生還者訪談內容，「附著在骨頭與肌肉裡的放射性物質，存留在我們的體內數十年，並且讓我們的染色體變形，將細胞變成癌症來攻擊我們的性命，就算死掉或者火化後只剩下白骨，那些殘留物也不會消失。」

二〇〇九年一月凌晨，我記得我在觀賞龍山區一座瞭望樓失火的影片時，不自覺地嘀咕著：那是在光州。換句話說，光州是遭到孤立的，是受蠻力踐踏的，是被毀損、卻不該被毀損的代名詞。災難尚未結束，光州不斷重生又再度被殺害，靠著傷口惡化、爆炸，在血跡斑斑中重建。

還有那名少女的臉。

十二歲那年，我翻著攝影集最後一頁，看見那名身亡的少女從臉頰到頸部被刺刀劃開，一隻眼睛微張著。

當公車總站和火車站前躺著那些慘不忍睹的遺體時；當軍人毆打、刺殺路人，將半裸的民眾載上卡車時；當他們搜索民宅把年輕人強行擄走時；城市外圍被封鎖，電話都無法撥通時；當子彈射向示威抗議群眾的肉身時；短短二十分鐘內路上就屍橫遍野時；全都趕盡殺絕的傳聞甚囂塵上時；在預備軍訓練所偷取舊款槍枝的平凡男子，三五成群聚集在國小、橋上站哨時；當市民開始在道廳自治，代替如潮水般退去的公權力時。

那時我住在水踰洞，搭公車上下學，回到家就會把放在家門口下的D社晚報撿起，沿著細長的院子邊走邊看新聞標題。光州無政府狀態第五天。照片中是燻黑的建築物，以及載滿頭綁白布條男子的卡車。家家戶戶圍繞在沉痛混亂的氣氛當中。不行，今天也撥不通，母親不斷撥打著位在大仁市場內的外婆家電話。

就像希英姑姑毫髮無傷一樣，我也安然無恙，所有親戚沒有人傷亡或者被強行擄走。只不過那年秋天，我不斷想著肚子貼在冰冷地板上趴著寫作業的那個房間，那名國中生是否也住在那個房間？我熬過的炎炎夏日，他真的沒能熬過嗎？

我穿過施工中的道廳前地下道，走在充滿霓虹燈和音樂聲的夜晚道路上，抵達兩天前拜訪過的大型升學補習班。一樓設有服務臺，臺前陳列了五顏六色的傳單，包括補習班宣傳和課程時間表、受歡迎的講座等。

「我很難空出三十分鐘以上的時間。」昨天他在電話中說道，「麻煩五點半到我的講課教室好了。還請您見諒，要是有學生提早吃完晚餐進來讀書，可能會連三十分鐘都聊不到。」

我在中興洞老家處徘徊了好一陣子，最終決定推開那間販售裝潢用品的店家大門，一名身穿淺紫色夾克的五十多歲女子，蓋上報紙抬頭看著我問道：

「想找啥呢？」

自從小時候搬離這個城市以後，只剩下親戚還繼續用這裡的方言，所以從我抵達這裡開始，就對這些素昧平生的人和親戚說著相同口音感到有些彆扭，同時也有點感傷。

「我記得以前這裡有一棟韓屋……請問是什麼時候變成這家店的呢？」

我感覺到那名女子對於我的首爾口音同樣覺得有隔閡。她換成了首爾腔再度向我問道：

「您是來找住在那棟韓屋裡的人嗎？」

我想不到其他答案，只好點頭承認。

「那棟房子去年就拆了。」她繼續向我娓娓道來：「原本有一個老奶奶獨居在那裡，後來過世了。因為房子實在太老舊，租不出去，所以她兒子乾脆把房子拆掉重新搭了這個臨時屋子，我們才會在這裡做生意。不過我最近嗓子不太好，可能兩年租約期滿就會搬走。」

我問她是否見過那個兒子，她答道：

「簽約的時候當然見過，聽說是大型補習班的講師呢，不過我猜應該收入也沒多好，所以才會蓋這種臨時建物吧。」

我走出店家，沿著大馬路走了好久，最後攔了一輛計程車。我前往她告訴我的這間補習班，透過傳單上印的講師照片找到了少年的哥哥。要分辨出誰是他哥哥其實並不難，因為姓姜的講師只有兩位，其中一個看起來只有二十幾歲。照片中那名負責自然科的中年講師，戴著一副感覺度數很深的眼鏡，劉海之間隱約看得見幾根白髮，身穿白襯衫搭配靛藍色領帶，凝視著正前方。

不好意思，原本想要提早下課的，沒想到耽誤了一些時間。

請坐，需要喝點什麼嗎？

我知道您的家人是教過東浩的老師，但是不知道原來您有我們的消息。

其實我猶豫了很久，因為我覺得沒什麼好說的，何必見面。不過後來又想到，要是我母親還在世的話，她會怎麼做。

當然，當然。要是她老人家還在，應該會馬上一口答應，然後不停抓著您講東浩的事，但是我做不到。

您問我同意嗎？當然同意，只不過您得好好寫，要據實寫下，不要讓任何人再誣蔑我弟弟。

我在弟弟幫我鋪了床墊的玄關旁小房間裡輾轉難眠，每次只要一睡著，就會回到那間補習班前，在夜晚的街道上與高中生擦肩而過，那是東浩沒能經歷過的年紀。不要讓任何人再誣蔑我弟弟。我把右手放在左胸口，像是壓著心臟一樣獨自走著。一張張面孔在黑暗的街道中發著光，是那些被殺害的死者面孔，還有把刺刀插在我胸口的那個殺人魔面無表情的空洞面孔。

每次玩腳趾頭打仗遊戲都是我贏。

因為他很怕癢。

只要我的拇趾碰到他的腳，他就會癢得渾身不停扭動。

分不清是因為被我夾到覺得痛，還是因為搔到癢處而面容扭曲，

他笑到耳朵和額頭都漲得通紅。

就如同有特別殘忍的軍人一樣，也有沒那麼好勇鬥狠的軍人。

一名空軍部隊小隊員，把流著血的人揹到醫院門口倉皇離開。有士兵在接獲

集體發射子彈的命令時，為了不要射中市民而故意將槍身偏向。軍人列隊站在道廳的遺體前合唱國歌時，也有選擇全程緊閉雙唇不唱的士兵。這些都是外國記者透過鏡頭捕捉下來的畫面。

留守在道廳裡的那些市民軍，也有著相似的善念。大部分人只領到槍枝，沒幾個人真正發射過子彈，被問到明知會是一場敗仗為何還要留下的問題時，倖存的證人都給了我類似的回答：不知道，就是覺得自己應該要那麼做。

把他們當成犧牲者是我的誤會，因為他們打從一開始就不想要成為犧牲者，所以才會選擇留守在那裡。每次只要想到那十天期間，在那個城市裡發生了那麼多憾事，腦中就會浮現那些瀕臨過死亡的受虐人士。他們努力不懈地再度睜開雙眼，吐著滿口鮮血與牙齒碎塊，撐開難以張動的眼皮與施虐者四目相望。他們想起自己的臉孔與嗓音，以及宛如上輩子才有的尊嚴。那一刻被打破時，虐殺來了，拷問來了，強制鎮壓來了。推擠著，蹂躪著，剷除著。但是現在，只要睜著眼睛，只要凝視著，最終我們……

現在，我希望可以換你帶領我走了。請你帶我往陽光能夠照射到的明亮地方，往花開的地方走。

脖子修長、穿著薄襖的少年，走在墳墓間積著雪的小路上，我隨少年前行。有別於市中心，這裡的雪還沒開始融化。冰冷的雪沾溼了少年的天藍色體育褲管，也浸溼了少年的腳踝。他意識到那股冰涼，無意間轉頭看見了我，瞇起眼對我微笑著。

不，在墓園裡我沒看見任何人。我只是留了一張便條紙在餐桌上給弟弟，在凌晨走出公寓罷了。只因在這城市裡蒐集到的資料太過沉重，所以才會揹上背包，搭上往這裡的公車。我沒來得及買鮮花，也沒準備酒水和鮮果，只從弟弟家的流理臺發現一盒用來幫茶壺保溫的圓形蠟燭，便拿了打火機和三塊蠟燭過來罷了。

那個哥哥告訴我，他的母親開始變得有些奇怪，是從東浩的遺體移葬到現在的國立新墓園以後。

當時接獲通知說要在某天請所有受難者家屬前去處理移葬事宜，結果那天打開棺柩時發現，他那悲慘身亡的模樣還是和當初一樣，遺骸用塑膠袋層層包裹，沾有血跡的國旗則覆蓋在上頭……幸好東浩一開始就是由家屬接手整理，所以遺骸算很完整。我們剪了一碼白色紗布，不假他人之手，親自擦拭他每一根骨頭。我怕要是由母親擦拭東浩的頭顱，她會難忍悲痛、傷心欲絕，於是我趕緊搶先一步拿起頭顱，不放過任何一顆牙齒，仔細用心擦拭。不過母親終究還是沒能跨越心裡那道陰影，當時我應該要想盡辦法讓她留在家中才對。

我在積雪的一座座墳墓中好不容易找到了他的墓。很久以前在望月洞的那座墓碑上，沒有照片，只有姓名和生卒年。現在這座新墓的墓碑上，則貼有學生成績紀錄簿裡的那張放大版的黑白大頭照。

他的左右兩旁都是高中生的墳墓。我看著他們的照片，應該是用國中畢業照貼上去的，他們都身穿黑色冬季制服，樣貌十分青澀。昨晚他的哥哥還繼續說道，弟弟的運氣很好，幸好是一槍斃命，問我不這麼覺得嗎？他用一雙熾烈的眼神尋求著我的認同。他說有一名高中生在道廳和弟弟一起被槍殺，死時就躺在弟弟的身旁，後來也葬在弟弟的墳墓旁邊。那名高中生就是沒有當場身亡，奄奄一息的時候再度被槍決。移葬時，哥哥看見那孩子的額頭中央有子彈貫穿的痕跡，頭顱後方則是空的。那名高中生的父親已經滿頭白髮，當場摀住嘴巴泣不成聲。

我打開包包，把帶來的蠟燭依序擺放在少年的墓前。我單膝跪坐在地，將蠟燭點燃。我沒有禱告，也沒有閉上眼睛哀悼。蠟燭燒得緩慢，無聲無息地被橘黃色火苗吸出了一個凹洞，我突然感受到一邊的腳踝變得好冰，原來我的腳一直靠在他墓前的雪地上，雪水慢慢滲進我沾溼的襪子，觸碰到我的肌膚。我默默地注視著火苗的邊緣，就像是半透明的翅膀正在拍打著一樣。

致謝

編寫這本書時，所有對我幫助甚多的資料當中，尤其要感謝《光州五月民眾抗爭史料全集》（韓國現代史史料研究所，Pulbitbooks，一九九〇）、《光州，女性》（光州全南女性團體聯合，Humanitasbook，二〇一二）、《我們沒輸》（導演李惠蘭）、《五月之愛》（導演金兌鎰）、《五一八自殺者——心理剖析報告書》（製作人安朱植），然後也要對願意與我分享私密記憶、長久以來鼓勵我的人，致上最深的謝意。

譯後記

去年（二〇一六年），一部改編自真人真事、以五一八光州事件為背景的韓國電影《我只是個計程車司機》，在台創下了票房破兩千兩百萬的紀錄，媒體爭相報導，甚至做成專題整理，許多人因此認識了這起堪稱是「韓版二二八」的歷史事件，也等於為這本小說《少年來了》揭開了序幕。

事實上，原文書的出版日期（二〇一四年）早於電影。擅於探討人性本質的作者韓江，這次推出的中文版作品《少年來了》，同樣也是以五一八光州事件作為背景進行創作，據說故事中的人物都是以真實人物作為參考，場景也都是根據歷史文獻記載改寫，出版後便登上各大書店的暢銷排行榜，甚至售出二十多國版權。

如此廣受好評的小說，最迷人的地方莫過於每一章都是以不同人物觀點來說故事，並且以不同人稱視角講述。隨著章節劃分，讀者可以更真切貼近地感受到少年東浩、東浩的好友正戴，抑或是和東浩萍水相逢的那些人，他們在事件當時與之後內心的所思所想。作者藉由如此獨特的敘述方式，不只成功將讀者帶回到一九八〇年五月的光州現場，更用不同角色的觀點述說了這起事件對倖存者後續的影響。

從翻開小說內文的第一頁起，你便加入了這群人，你不再只是旁觀者，無法置身事外，不得不身歷其中，甚至感同身受，和他們一起勇敢挺身而出、捍衛自由；一起面對無情的子彈貫穿身體、血流成河、變成幽魂，一起目睹那些殘忍的施暴畫面和堆積成塔的屍體，並且一起承受嚴刑拷打、百般凌辱，以及事件過後在心中揮之不去的那些陰霾，甚至也得承受身為「倖存者」的沉痛與難以抹滅的愧疚。

人性最醜陋的黑暗面與美麗面，都被作者刻劃得淋漓盡致，你會對原來人性可以如此殘暴感到不寒而慄，也會感嘆人性的溫暖竟會留下無限哀愁，並體會得來不易的自由何其珍貴。

猶記作者韓江在韓國網路書店的專訪中曾提及，她在寫這本書的時候，每寫完一章就會讓她感到：「啊，真的不想再寫了」，或者每次決定好要寫的進度以後開始提筆寫作，最後往往卻只寫三句便停筆休息，讓自己放空沉澱，道盡了寫作過程中所承受的內心沉痛與煎熬；而身為第一手接觸原文的譯者，對於作者說的這番話更是心有戚戚焉，因為在翻譯這本書時，也經常翻完一段就對著身邊的親友嚷嚷：「心情好沉重！」甚至交稿後也有好長一段時間難以走出這股悲痛情緒，至今仍記憶猶新。

個人很喜歡書名中的「少年」一詞，反映出當年那些勇敢站上街頭的學生都還只是個純真無邪的孩子，和軍人殘忍施暴的畫面形成了強烈對比，而「來了」有種正在進行的感覺，又為這本書埋下了未完待續的伏筆，也將時間永遠封存在那年五月。當你閱讀完這本書時，記得不妨再回頭重唸一次書名，那是一股難以言喻的悲傷與淒涼，而且會持續在心中發酵好長一段時間，久久無法散去。

對於那些聽命於長官的軍人來說，或許「少年來了」是他們最害怕聽到的一句話，因為他們必須對那些手無寸鐵卻意志堅定、無所畏懼的「少年」扣下扳機，並帶著永遠揮之不去的罪惡感及歉疚終其一生；而對於無數個失去少年的母親來說，「少年來了」則可能是她們最引頸期盼、最渴望聽到的一句話，希望有朝一日，兒子可以平安歸來。

願世上所有少年、少女都能跨過戰火槍炮的襲擊，平安長大。

少年來了
소년이 온다

作者　韓江
譯者　尹嘉玄
封面設計　Bianco Tsai
內頁排版　高巧怡
行銷企劃　蕭浩仰、江紫涓
行銷統籌　駱漢琦
業務發行　邱紹溢
營運顧問　郭其彬
責任編輯　吳佳珍、李世翎
總編輯　李亞南
出版　漫遊者文化事業股份有限公司
地址　台北市松山區復興北路331號4樓
電話　(02) 2715-2022
傳真　(02) 2715-2021
服務信箱　service@azothbooks.com
網路書店　www.azothbooks.com
臉書　www.facebook.com/azothbooks.read
營運統籌　大雁文化事業股份有限公司
地址　台北市松山區復興北路333號11樓之4
劃撥帳號　50022001
戶名　漫遊者文化事業股份有限公司
初版一刷　2018年1月
二版一刷　2023年6月
定價　台幣390元

ISBN　978-986-489-786-5

This book is published with the support of the Literature Translation Institute of Korea (LTI Korea).

國家圖書館出版品預行編目 (CIP) 資料

少年來了 / 韓江著 ; 胡椒筒譯. -- 二版. -- 臺北市 : 漫遊者文化事業股份有限公司, 2023.06
288 面 ; 14.8×21 公分
譯自 : 소년이 온다
ISBN 978-986-489-786-5(平裝)
862.57　　112004901